薄命聖女と不死の狼騎士の呪われ婚

死ぬ運命だった二十歳の誕生日に「俺を殺せ」と求婚されました

ゆちば

23845

角川ビーンズ文庫

Contents

ヴォルフ・ブレンネル
【死神】に呪いをかけられた【不死の狼騎士】。二百年変わらぬ姿で生き続けるノースト領辺境伯。
フェルマータ・ルークライト
【死神】に二十歳の誕生日に死ぬ呪いをかけられた元守護聖女。ケビンの元婚約者でもある。
死ぬ運命だった二十歳の誕生日に「俺を殺せ」と求婚されました
薄命聖女と不死の狼騎士の呪われ婚

Characters

◆ ドルマン・エンセント ◆

ゾタ教会大司教で、
フェルマータの師匠。
中性的な顔立ち。目が見えない。

◆ アデラール・ミレー ◆

ゾタ教会大司教。
【死神】討伐に積極的な
革新派。

◆ レドリック・ハーマイン ◆

ブレンネル家に
仕える騎士。

◆ ブルーナ・ハーマイン ◆

ブレンネル家に
仕えるメイド。
レドリックの妹。

◆ ケビン・ナギアス ◆

ナギア王国の王子。
フェルマータの元婚約者で
ナルシスト。

【死神】 ◆ 眷属の魔物を引き連れて王国民に呪いをもたらす神出鬼没の怪異の王。ナギア王国を三百年脅かし続けている。

本文イラスト／ザネリ

プロローグ……死神と呪いと薄命聖女

「許さない……！　私を呪った【死神】を。裏切ったケビンと国の連中を……！　返してよ！　地位も、名誉《めいよ》も、愛も……、命も……!!」

フェルマータ・ルークライトの瞼《まぶた》の裏に焼き付いて離《はな》れない忌《い》まわしい記憶《きおく》。

それは、三年前のナギア王城でのとある出来事だった。

王城主催《しゅさい》の舞踏会《ぶとうかい》。華《はな》やかに着《き》飾《かざ》った王族や貴族の中心で、ケビン王子が高らかに爆弾《ばくだん》発言を口にしたのである。

「ケビン様、今なんと？」

「何度でも言おう。被呪者《ひじゅしゃ》フェルマータ・ルークライトを守護聖女の役から解任。そして、僕との婚約《こんやく》も白紙に戻《もど》す」

（ちょ、みんなの前で何言っちゃってんの？　ケビン様ってば、流行《はや》りのロマンス小説の読みすぎ。この麗《うるわ》しき守護聖女フェルマータ様が、解任＋婚約破棄《はき》されるなんて、そんなわけが……）

つい、「ドッキリ大成功！」を期待したフェルマータだったが、さすがにこの場でそれは有り得なかった。

ケビンを含《ふく》め、周囲からの冷たい視線に晒《さら》され、フェルマータは血の気がどんどん引いていくのを感じた。あ、これはマジなやつだと思い知らされる。

「呪われたことが原因ですか？　私はあなたを庇《かば》ったのに！」

「恩着せがましい奴《やつ》め。呪いというだけでも穢《けが》らわしいのに、三年後に死ぬ女と結婚できるわけがないだろう。早く、僕の前から消えてくれ」

「そんな……！」

あの甘々だったケビン様が、この私を汚物《おぶつ》を見るかのような目で見ているなんて……と、フェルマータは動揺《どうよう》せずにはいられない。

そして、周囲のモブ貴族たちもひそひそとフェルマータの悪口を囁《ささや》く。

「呪いがうつると困るわ。離れましょう」

「人の皮を被《かぶ》ったバケモノだ」

「呪われたのがケビン王子じゃなくてよかった」

(丸聞こえよ、恩知らずども！　私がどれほど国に尽《つ》くしてきたかを忘れて、くるっくるに手のひら返しして！)

王子の憎々《にくにく》しげな視線と周囲の冷ややかな空気——。フェルマータの碧眼《へきがん》には、思わず涙《なみだ》が滲《にじ》む。もちろん悲しみの涙ではなく、怒《いか》りの涙だ。

「そんな目で見るな！　私は守護聖女よ!!　この国で一番の聖女なんだから――!!」

けれど、フェルマータの呪いの叫《さけ》びが大広間にこだましても、誰一人《だれひとり》として応《こた》えてはくれなかった――。


フェルマータ・ルークライトは婚約者の王子を庇い、【死神】に二十歳《はたち》の誕生日に死ぬ呪いをかけられた守護聖女。

否《いな》、元守護聖女。

このナギア王国は、被呪者を人として扱《あつか》わない。

そう。フェルマータはもう死に人同然だったのだ。

（お願い。誰か、私に生きていいって言ってよ……）

第一章　物騒なプロポーズは突然に

神殿《しんでん》を擁《よう》する聖なる森の入り口に、二人の騎士《きし》がいた。

一人は、三十代半ばと思《おぼ》しき逞《たくま》しい鎧《よろい》騎士。癖《くせ》のある赤色の髪《かみ》をした穏《おだ》やかな雰囲気《ふんいき》の長身の男。

そしてもう一人は、鎧を一切纏《いっさいまと》わぬ若い黒髪の男。右目が眼帯で覆《おお》われていて、左目は獰猛《どうもう》な獣《けもの》のような金色。彼の胸には鈍《にぶ》く光るナギア王国の騎士紋章《もんしょう》があることから、それなりの地位と実力を備えた騎士のようであるが――。

「レド、奥の神殿に例の聖女がいるのだな」

「そのはずでございます」

隻眼《せきがん》の騎士が鋭《するど》い眼光を森に向け、レドと呼ばれた赤髪の鎧騎士が控《ひか》えめに頷《うなず》く。

どうやら隻眼の騎士が主人で、赤髪の騎士が従者らしい。

赤髪の騎士は、隻眼の騎士のことを「ヴォルフ様」と呼んだ。

「神殿には聖なる結界が巡《めぐ》らされております故《ゆえ》、結界払《ばら》いの魔法具《まほうぐ》を――」

「要《い》らん。時間の無駄《むだ》だ」

　ヴォルフは従者の提案を最後まで聞かずに遮《さえぎ》ると、無言で地面を蹴《け》り上げ、森の中へと飛び込んで行った。

　けれど、従者は想定内と言わんばかりの落ち着いた表情で、急いで主人を追いかける素《そ》振《ぶ》りも見せない。

「まったく……。死に急ぎすぎですよ。死ねないというのに」

　そう独り言をつぶやくと、従者はやれやれと肩《かた》をすくめながら歩き出したのだった。


　黄昏《たそがれ》の空に包まれる森の聖域の神殿。

　厳《おごそ》かで神々《こうごう》しい祭壇《さいだん》の前で、フェルマータは一人、誕生日ケーキを泣きながら頬張《ほおば》っていた。

（みなさん、こんにちは。私はフェルマータ。なぜ私が泣いているかって？　ええ。今日、私は二十歳の誕生日&命日を迎《むか》えたからです。私、二十歳の誕生日に死ぬ呪いをかけられているんです）

　だから、手作りのホールケーキをボッチ食いである。もう死ぬんだから、太ったって血糖値が上がったってかまいはしない。かまいはしないのだが――。

に！」

「願わくは、この不摂生《ふせっせい》があのアホ王子や、国の腐《くさ》った連中に謎《なぞ》の力で届きますよう

フェルマータは元守護聖女とは思えぬ乱暴な祈《いの》りを神に捧《ささ》げた。

守護聖女とは、ナギア王国のゾタ教会に属する女性の最上級神職のことだ。守護神ゾタから授《さず》かった類稀《たぐいまれ》なる神聖術で人々を守り、癒《いや》し、清らかな祈りで国を安寧《あんねい》に導く——というシンボル的な仕事の他に、王族を【死神】から守るという役割がある。


そしてフェルマータは【銀の王子】こと、ケビン・ナギアス王子の守護を務めていた。

と同時に、彼にその優秀《ゆうしゅう》さと美貌《びぼう》を見初《みそ》められ、婚約の契《ちぎ》りまでも結んでいた。

つまり、トップオブ勝ち組。女の頂点。次期王妃《おうひ》。

だがしかし――。

フェルマータは、ケビンの煌《きら》めく銀の髪を思い出す。

フェルマータのことを「僕の蜂蜜《ハニー》ちゃん」と呼び、甘々に甘やかしてくれた彼。ヘタレだけど優《やさ》しい彼。

(だから、心の底から【死神】から守りたいと思ったのに)

ナギア王国は、三百年前から魔なる存在【死神】に脅《おびや》かされてきた。

紅《くれない》の魔物、魔物の王と呼ばれたりもするその正体は不明。神出鬼没《しんしゅつきぼつ》の怪異《かいい》の王であり、配下の魔物――眷属《けんぞく》を連れて現れては、王国民に呪《のろ》いをもたらし去っていく。

呪いの種類は多岐《たき》に渡《わた》り、死の呪いもあれば、視力や声を奪《うば》うもの、記憶《きおく》を消し去るものなども存在する。

王国は【死神】と眷属たちとの戦いの中で、武力や医療《いりょう》を発展させてきたが、未《いま》だ決着は付かず。三百年経《た》っても正体ひとつ分からない。

フェルマータは、そんな【死神】に出くわしてしまったのだ。

ちょうど三年前。フェルマータの十七歳の誕生日。ケビンとのお忍《しの》びデート中。逃《に》げ場のない湖のど真ん中に浮《う》かぶボートの上で。

思い出すことも恐《おそ》ろしい。

紅の炎《ほのお》が大鎌《おおがま》の形に変わり、ケビンを襲《おそ》おうとした瞬間《しゅんかん》。

あぁ、これが【死神】かと直感したフェルマータは、必死に彼をボートから突《つ》き落とし、自らの身を大鎌に捧げたのだ。

あの直後のケビンは「愛《いと》しの蜂蜜ちゃん！　僕を庇って呪いを受けてくれるなんて！」と泣きながらフェルマータを抱《だ》きしめてくれたのに。

事件後、フェルマータは【死神】学者の診断《しんだん》により、「三年後に死ぬ呪い」――つまり、二十歳の誕生日が終わると同時に命を落とす呪いを受けたことが分かり、ケビンも国もあっさりと手のひら返し。

王子を救った英雄《えいゆう》は、余命三年という薄命《はくめい》の役立たず。守護聖女としても、国母としても認められることは許されず、穢《けが》らわしい被呪者《ひじゅしゃ》として王都を追われた。

そして今は森の聖域に引き籠《こも》り、誰からも存在を忘れられ、ひっそりと最期《さいご》の時を待っているというわけだ。

「何が愛しの蜂蜜ちゃんよ……！　愛なんてなかったじゃない」

フェルマータは、自慢《じまん》の蜂蜜《はちみつ》色の長い髪を忌々《いまいま》し気に睨《にら》みつけながら毒づく。

三年間、ずっとずっと恨《うら》んできた。

自分を見捨てたケビンを。国を。呪《のろ》いやがった【死神】を。

あのクズどもを私は許さない。けど、何もできやしない……と。

（神様あんたは悪魔かよ！）

「どうせ同じ呪いを受けるなら、不老不死の呪いがよかった。こんな短い人生、あんまりだわ！」

ケーキをぺろりと平らげ、フェルマータは祭壇の上の女神《めがみ》像に無意味に猛抗議《もうこうぎ》した。噂《うわさ》で耳にしたことがある、不老不死の被呪者のことを妬《ねた》ましく思わずにはいられなかったのだ。

命さえあれば、私はなんだってできるのに——と。

その時だった。

それまで静かだった神殿の石床《いしゆか》にコツコツと乾《かわ》いた足音が響《ひび》き、何者かが祭壇へと近づいてきたのは。

森の動物の足音ではない。戦闘《せんとう》用のブーツ、人間の男性の足音だ。

「誰《だれ》？」

フェルマータは、拳《こぶし》に神聖力を込めた警戒《けいかい》態勢で振《ふ》り返った。

この森の神殿はフェルマータの聖なる結界でゴリゴリに覆われており、触《ふ》れたら聖なる炎に阻《はば》まれる仕様なのだ。外から人間が侵入《しんにゅう》することなどできるはずがない。

けれど、足音の主は平然と近づいてきた。

黒い髪。右目を覆う黒革《くろかわ》の眼帯。残された左目は金色の眼光が鋭い。細身の長身に薄手《うすで》の騎士装束を纏《まと》い、長剣《ちょうけん》を携《たずさ》えた不気味な気配をした男――。

「貴様が呪われた聖女だな」

低く響く男の声に、フェルマータは震《ふる》えそうになるのを堪《こら》える。

「どうやって神殿に入って来たのよ。結界は？」

「気合いで突破した」

「馬鹿《ばか》言わないで。致命傷《ちめいしょう》は免《まぬが》れない結界なんだから、有り得ないわ」

「五月蝿《うるさ》い。黙《だま》って用件を聞け。貴様のせいで、俺には時間がない」

獣のような眼《め》で凄《すご》まれ、フェルマータはひゅっと息を呑《の》む。どう考えても自分が彼に何かした覚えなどないというのに。

フェルマータが逃げ出すか殴《なぐ》るかどちらにしようかと考えていた時、男は言った。

「聖女。俺の妻となり、俺の呪いを解き、俺を殺せ」

「へ？」

男の言っていることが理解できず、思わず声が裏返ってしまった。

(何言ってんだこいつ!?)

いろんな意味でヤバい奴《やつ》が来てしまったらしい。

答えはもちろん決まっている。

フェルマータはぶんぶんと首を大きく横に振ると、「私、死ぬ予定が入っているのでお断りします！」と言い放ち、神殿《しんでん》の石窓に向かって猛ダッシュした。「待て！」という男の声が背中側から飛んで来るが、そう言われて待つわけがない。

(突然《とつぜん》来て、妻になって殺せとか怖《こわ》すぎるんですけど！)

フェルマータは謎の男から逃げるため、神殿を飛び出し、森の中へと駆《か》け込んだのだった。

被呪者とは、【死神】に呪われた者の呼び名であり、ナギア王国においては嫌悪《けんお》と哀《あわ》れみの対象である。

「あの子のお父さんは被呪者だから、遊んじゃ駄目《だめ》よ」

「被呪者なんて雇《やと》えないよ。店まで呪われちまう」

「【死神】に選ばれたってことは、何か後ろ暗いことをしているんだ。被呪者になるにも理由があるに違《ちが》いない」

呪いは決してうつらない。呪いは個人が背負わされるものだから。

呪われることに理由なんてない。【死神】は無差別に呪いを振りまいているのだと、教会の統計でも答えが出ている。

けれど、人々は理解ができないものとの関《かか》わりを避《さ》けたがる。人の不幸に勝手に理由を付けて、自分たちは呪いとは無関係だと安全圏《けん》から蔑《さげす》み笑う。

このナギア王国には、安全な場所など有りはしないというのに。

そのことを、フェルマータは呪われて初めて理解した。

フェルマータは被呪者たちが仕事を失い、住処《すみか》を追われ、人々から忌《い》み嫌《きら》われていることから目を背け、「守護聖女」という高見の職で「【死神】から国を守る」などと軽々しく口にしていたのだ。

(現実を思い知ったところで、今さら守りたい国なんてないけどね……)

隻眼《せきがん》の騎士《きし》から逃げるために森へ飛び込んだフェルマータは、かさこそと茂《しげ》みの陰《かげ》を静かに進んでいた。人の手がほとんど入っていない野生の森を進むことは、普《ふ》通《つう》のご令嬢《れいじょう》であれば困難だろう。けれど、この三年間森暮らしをして来たフェルマータにとっては勝手知ったる庭と同じ。おそらく、あの隻眼の騎士を撒《ま》くことができたはずだと確信し、粛々《しゅくしゅく》と次の計画を練っていた。

（そろそろ神殿に戻《もど》って結界を『触れたら致死レベル』に張り直すわよ。で、聖女らしく美しく神殿で死ぬ準備をしなくちゃ……）

けれど、フェルマータの足ははたと止まった。いつもは静かな森にほのかに鉄の臭《にお》いが漂《ただよ》っているのだ。

フェルマータが違和感《いわかん》を覚えて辺りを見回していると――。

「魔女《まじょ》の遺体をミイラにしたら、魔除《まよ》けになるってほんとかよ？」

「あぁ。教会で聞いたんだ、間違いねぇ。【呪《のろ》いの魔女】を干物《ひもの》にして、【死神】除けとして売りさばこうぜ」

茂みの向こうには、鉄の剣を携えた商人――武装商人たちの姿があった。

武装商人は、自ら狩《か》りを行う武闘派《ぶとうは》商人。その対象は魔物や動物だけでなく、人間も含《ふく》まれると聞いたことがある。

（と、とんでもないことを聞いてしまった！）

そんな魔女がいるならば、ぜひ干物として携帯《けいたい》させてもらいたいものだと、フェルマータは興味津々《きょうみしんしん》で聞き耳を立てる。武装商人たちさえよければ、「協力するので、その干物分けてくれませんか？」と言いたいくらいだ。

しかし、続けて聞いていると。

「【呪いの魔女】かぁ。確か、三年前に呪いを喰《く》らって姿消したっていう守護聖女だろ？　こんな森にいんのかよぉ」

「そう聞いたぜ。この辺を根城にしてた盗賊《とうぞく》が、えらく綺麗《きれい》な若い女に身包《みぐるみ》み剝《は》がされたって話だ。お礼参りに行ったそいつの親分もシメられて、命と引き換《か》えに、大量の食い物を要求されたらしい」

「おいおい。そんな野蛮《やばん》な女がホントに守護聖女なのかよ？」

（あっ、それ私だ）

そういえば、盗賊をとっちめたことがあったなぁと、懐《なつ》かしい記憶《きおく》を思い出すと同時に、フェルマータの背筋に冷たい汗《あせ》が伝う。

（【呪いの魔女】って、私のことか！）

あの時は美味《おい》しいご飯にありつけたと喜び一色だったが、まさか居所を言い触らされる羽目になるとは。何のために森に引き籠《こも》っていたのか分からなくなってしまうではないか。

（って、ヤバくない？　私、狩られるの？）

今日死ぬとは言え、痛いのは嫌《いや》だ。

フェルマータは早く逃《に》げねばと回れ右をしようとしたが、動揺《どうよう》して警戒を怠《おこた》ってしまったらしい。茂みでくるりと振《ふ》り返った先には、密《ひそ》かに忍《しの》び寄っていたらしい仲間の武装商人たちが待ち構えていたのだ。

「ひっ！　か、囲まれてた……！」

「こんな森に女一人ってこたぁ、てめぇが魔女か？」

五人の武装商人たちに威圧《いあつ》的に凄《すご》まれる。武器がギラギラと嫌な光を放ち、フェルマータはヒュッと息を呑《の》む――が、その口は反射的に武装商人の言葉を否定した。ドヤ顔で。キメ顔で。

「魔女じゃないわよ。守護聖女フェルマータ様よ！」

（ハッ！　何言ってんの私！）

しょうもないプライドのせいで即身《そく》バレ。そう。フェルマータはプライドが山のように高かったのだ。

そして、我に返った時にはもう遅《おそ》かった。

「フェルマータ……？　魔女の名前じゃねぇか！　ぶち殺してミイラにするぞ！」

「ミイラなんて嫌ぁぁっ！」

大慌《おおあわ》てで逃げ出すフェルマータだったが、足がもたついて上手《うま》く走れない。死に装束は一張羅《いっちょうら》にしようと、とびきり高級で動きにくい聖職衣を選んだ自分を責めたところで、今さらどうすることもできず。

フェルマータは皆《みな》の期待通りに聖職衣の裾《すそ》を踏《ふ》んづけて、顔から地面にダイブしてしまった。

「いったぁっ！」

（私の尊い顔面が……！）

痛みを堪《こら》えて立ち上がろうとしたが、武装商人の一人に背後から右腕《みぎうで》を捻《ひね》り上げられ、地面に伏《ふ》したまま身動きが取れない。手が痺《しび》れ、神聖術を使うこともままならない。

「痛い痛い痛い！　放してよ！」

「呪いをぶっ放されたら困るからな。暴れたら腕、へし折るぞ」

「呪いなんてぶっ放すか！」

フェルマータの言葉をまともに聞いてくれる者などいなかった。

私は魔女じゃない。私をミイラにしたって無駄だと叫《さけ》んでも、誰一人《だれひとり》として聞く耳を持ってはくれない。

（あの時と一緒《いっしょ》だ）

守護聖女の役から解かれ、婚約破棄《こんやくはき》されたあの時と――。

武装商人が下卑《げび》た笑《え》みを浮《う》かべながら、フェルマータの聖職衣の背中に手を伸《の》ばす。悪漢のお決まりの台詞《せりふ》――「殺す前に楽しませてもらおうか」を口にして。

「いや……っ」

絶望するのと同時に服がびりびりと裂《さ》かれ、背中が暴《あば》かれた。

白い背の中心に浮かび上がる紅色《あかいろ》の砂時計。それは、フェルマータが誰にも見られたくなかった刺青《いれずみ》だった。

「見ないで……！」

「あ？　趣味《しゅみ》の悪い刺青があるぞ」

「【砂時計の刺青】だろ。【死神】に呪《のろ》われると浮き出てくるっつうやつだ」

武装商人の一人が口にした【砂時計の刺青】――。

それは、【死神】によるマーキング。砂が呪いの進行を示す絶望の証《あかし》。

（私の命の残量を知らせる生きた刺青――）

「一粒《ひとつぶ》ぽっちしか砂が残ってねぇな。魔女の呪いって、何なんだ？」

「たしか、死の呪いだ。こいつ、すぐにでも死ぬぜ！」

武装商人に背中を指差されて笑われ、フェルマータは悔《くや》しさで目に涙《なみだ》を滲《にじ》ませた。

言われなくたって分かっていた。

毎日背を鏡に映すたびに絶望し、目覚めたら消えていないかと強く願っていたのは、フェルマータなのだから。

「そうよ。私は今日死ぬのよ！　二十歳《はたち》の誕生日に死ぬ呪いなんだから！」

「今日!?　マジかよ。死ぬ前にどうしてもイイ思いしてぇっつうなら、全員でたっぷり相手してやらなくもねぇな」

ケラケラと腹を抱《かか》えて大笑いする暴漢たち。

フェルマータは悔しさのあまり、噛《か》み締《し》めた唇《くちびる》から血が出ていることにさえ、気がつくことができない。

「誰がお前たちなんかと！」

「ははは！　俺たちだって、被呪者は願い下げだ。とっとと血抜《ちぬ》きしちまおうぜ」

振り上げられる鉄の剣《けん》。男たちの「魔女狩《まじょが》りだ」という笑い声が頭の中で響《ひび》き、フェルマータの思考は停止した。

（私は魔女なんかじゃない。私は……、私は……）

死ぬんだ。

ひゅっと剣が振り下ろされた音がして、フェルマータは思わず目を閉じた。

しかし、待てど暮らせど、剣はフェルマータの首には落ちて来ない。代わりに降って来たのは低く淡々《たんたん》とした声と、数滴《すうてき》の鮮血《せんけつ》だった。

「聖女。こんなところで死んでいいのか？」

神殿《しんでん》で出会った隻眼《せきがん》の騎士《きし》がそこにいた。

彼は左手で武装商人の白刃《はくじん》を平然と握《にぎ》り込み、残る右手で剣の主の首を絞《し》め上げているではないか。

「ど……して？」

「貴様を追って来たからに決まっているだろう」

隻眼の騎士はそう言い放つと同時に、武装商人の亡骸《なきがら》を地面に捨てた。

フェルマータは何が起こっているのかまったく分からず、ただただ隻眼の騎士を見つめることしかできない。

けれど、動くことができないのはフェルマータだけで、突然《とつぜん》仲間を殺された武装商人たちは当然黙《だま》っていなかった。「てめぇ、よくもやりやがったな！」、「ぶっ殺してやる！」と怒《いか》り心頭の男たちは剣を振り上げ、一斉《いっせい》に隻眼の騎士に襲《おそ》いかかったのだ。

「危ない……！」

フェルマータの叫び声などまったく間に合わず、グサリという鉄が肉を貫《つらぬ》く音がした。

隻眼の騎士はすべての凶刃《きょうじん》を胸や腹に受け、その身を深々と貫きえぐられていたのである。

（うそ……！　酷《ひど》い……！）

なんという惨《むご》い殺し方だと、フェルマータは隻眼の騎士をまともに直視することができなかった。

けれど、隻眼の騎士は苦痛に顔を歪《ゆが》めるものの、倒《たお》れるどころか痛みを訴《うった》えることすらなかった。寧《むし》ろ失望した目で武装商人たちを見つめながら、自らの長剣を抜き放つ。

「死に損《ぞこ》なうのは何度目か。……貴様らには礼として、この狼《おおかみ》の牙《きば》をくれてやる」

長剣を引き抜いた彼の右手の甲《こう》には、フェルマータがよく知る刺青――【砂時計の刺青】が刻まれていた。

ひとつ異なるのは、刺青の砂の量。彼の砂時計の砂は、一粒たりとも下にはなく——。

フェルマータは、気がついた一つの事実にハッと息を呑む。

この眼帯の騎士は、不老不死の被呪者——【不死の狼騎士】ヴォルフ・ブレンネルであると。

フェルマータは記憶《きおく》を辿《たど》る。

たしかヴォルフは、北の辺境ノースト領を治める辺境伯《はく》。過去に、国境を侵《おか》そうとした隣国《りんごく》の軍隊を一人で沈《しず》め、その孤高無双《ここうむそう》の強さから、【狼騎士】と呼ばれるようになった。

そして、その異名の頭に「不死の」が付いた理由は、彼が二百年間変わらぬ姿で生き続けている不老不死のバケモノであるためで——。

その正体は【死神】に呪われた、老いず死なずの人間のはずだが、まさか突然フェルマータに物騒《ぶっそう》なプロポーズをして来た男が、そのヴォルフだとは思いもしなかった。彼は滅《めっ》多《た》に領地から出て来ることがないらしく、王都にいたフェルマータは彼の姿を見たことがなかったのだ。というか、【不死の狼騎士】は王都で語られる地方民話のようなものだと思っていたし、彼が実在することに驚《おどろ》いてしまったほどだ。

(もっと、バケモノみたいにごつい見た目なのかと思ってた……)

フェルマータの目の前にいるのは、二十代半ばの細身の男性。隻眼の下にくっきりと隈《くま》があるので、寧ろ不健康そうな印象すらある。

　とても、バケモノには──。いや、バケモノか。剣で串刺《くしざ》しにされても倒れない人間は、普通《ふつう》の人間とは言えないだろう。

「い、痛くないの？」

「痛覚はある。だが、痛がって何の意味がある。死することができぬ痛みに浸《ひた》る時間など、俺にはない」

　問い掛《か》けに対する答えがぶっとんでいる。やばい、なんか倫理観《りんり》壊《こわ》れてそうな人だ……と、フェルマータはぞぞぞと震《ふる》え上がる。

　助けに来てくれたことは有難《ありがた》いが、死ぬ前の思い出としては刺激《しげき》が強すぎる。正直、これ以上関《かか》わりたくない。

　そして不幸中の幸いか、武装商人たちの興味はヴォルフへと移っていた。

「こいつが噂《うわさ》のバケモノ辺境伯かよ！　ミイラにして売れば、億万長者だぞ！」

「【不死の狼騎士】が、こんな弱そうな奴《やつ》だとはな！」

「もう一回串刺しだ！」

　初撃が命中したからと、勝ったも同然という勢いの武装商人たち。

　彼らがヴォルフを貫いていた剣を強引《ごういん》に引き抜くと、びしゃっと嫌《いや》な音を立ててヴォルフの鮮血が噴《ふ》き出し、フェルマータの頬《ほお》に付着した。

「ひっ！」

フェルマータは、絶叫《ぜっきょう》したくとも大きな声が出せないほどに怯《おび》えていた。見るからに大量出血をしているヴォルフが平然と立っていることが恐《おそ》ろしく、今にも気絶してしまいたくなる。

しかし、この状況《じょうきょう》でそんなフェルマータを気に掛ける者はいなかった。

この展開は好都合。フェルマータは、薄情《はくじょう》であることを承知で、こっそりと逃《に》げ出すことにした。

助けられておいて逃げるなど、なんて酷い女だと罵《ののし》られてもかまわない。

（だ、だって普通に怖《こわ》いんだもの！【不死の狼騎士】が！）

身を屈《かが》め、鬱蒼《うっそう》とした茂《しげ》みを進もうとするフェルマータの耳に、ヴォルフの落胆《らくたん》した声と彼が長剣を構える音が聞こえた。

「俺をミイラに？　貴様ら雑魚《ざこ》にはできぬと理解した故《ゆえ》、ここで死ね」

ヴォルフのため息が一つ。

そして――。

フェルマータがカサコソと二歩だけ移動する間に、剣が鎧《よろい》を砕《くだ》き、肉を裂《さ》き、血しぶきが飛び散る音がした。誰《だれ》の悲鳴も聞こえない、一瞬《いっしゅん》の出来事だった。

故に、フェルマータは恐ろしさのあまり、その場で氷のように固まって動けなくなってしまった。とてもではないが、後ろを振《ふ》り返ることができない。

（えぇぇぇっ！　怖い怖い、めっちゃ怖い！　何が起きたの⁉）

茂みの枝をパキパキと足で踏《ふ》み折りながら、こちらに近づいてくる足音――。それがいっそう恐怖《きょうふ》をせり上がらせる。

「待たせたな、聖女」

フェルマータ、その一言で事態を察す。

「まままま、待ってません」

相手は返り血で血まみれであり、思わず卒倒《そっとう》しそうになってしまう。

フェルマータには、武装商人たちを一瞬で斬り伏《ふ》せたこの男――【不死の狼騎士】ヴォルフから逃《のが》れる時間などなかったのである。

「た、助けてくれてありがとうございます……。ヴォルフ様、でよろしかったでしょうか」

「俺の正体を知って、態度を変える必要などない。貴様は俺の妻になるのだ。他人行儀《たにんぎょうぎ》など要《い》らぬ」

「いえ、他人なので……！」

やっぱりヤバい人だ、妄想癖《もうそうへき》か、ストーカーかと、フェルマータは引き攣《つ》った笑《え》みを浮《う》かべて後退《あとずさ》る。真顔で何言ってんだこいつ、である。

「私、もう婚約《こんやく》とか結婚とか、色恋《いろこい》はしないと決めてるんです。これ以上裏切られたくないし、そもそも私には……」

　ヴォルフの生々しい傷口から目を逸《そ》らし、地面を見つめて話すフェルマータ。けれど、地面には彼の流した血による血だまりができており、それはそれで恐ろしかった。

　しかし次の瞬間、視界がぐらりと揺《ゆ》れ、身体《からだ》が宙にふわりと浮いた。ヴォルフがフェルマータを肩に担《かつ》ぎ上げたのだ。山賊《さんぞく》のように。

「自分には生きる時間が残されていない、そう言いたいのだな。聖女」

「ちょ……！　下ろしなさいよ！　そうよ！　不本意だけど、今日は私の命日なのよ！」

　フェルマータがバタバタと足をばたつかせ、必死に抵抗《ていこう》してもヴォルフはビクともしない。

　背の【砂時計の刺青《いれずみ》】に残っていた一粒《ひとつぶ》の砂。今日という日の終わりと共に、その一粒は被呪者《ひじゅしゃ》フェルマータの命を奪《うば》い取るのだ。その定められた運命からは、決して逃れることなどできない。

「もうすぐ死ぬんだから、放っておいて！」

「そうか。もうじきか。ならば、この世にやり残したことも思い残すこともないのだろう？　潔《いさぎよ》く黄泉《よみ》へと渡《わた》ることができる貴様が妬《ねた》ましい」

「妬ましいですって？」

　隻眼《せきがん》の騎士《きし》の本音なのか、それとも挑発《ちょうはつ》だったのかは分からない。

だが、フェルマータは確実にカチンと来た。誰が潔いわけあるかい！　である。

三年間、悔《く》いが残らないように余生を過ごして来たつもりだったが、今この瞬間、フェルマータの胸の中は後悔《こうかい》や未練でいっぱいだったのだ。気づかぬふりなど到底《とうてい》できない。だって、もう死ぬのだ。この期《ご》に及《およ》んで、自分を偽《いつわ》る必要がどこにあるだろう。

フェルマータは「思い残すことがないわけないじゃない……」と呟《つぶや》くように口にすると、すぅと大きく息を吸い込み――。

「私、好きな人と結ばれて幸せになりたかった！　美味《おい》しいご飯と甘いお菓子《かし》も、もっと食べたかったし、お金だってまだまだ稼《かせ》ぎたかった。あんなに頑張《がんば》って守護聖女になったのに。王妃《おうひ》になるまで、あとちょっとだったのに。追放されて、魔女《まじょ》呼ばわりされて……。ケビンや私を追放した奴らをぶん殴《なぐ》らないと気が済まない！　私……、死にたくない……！」

フェルマータの天を突《つ》くような叫《さけ》びが森中にこだました。清々するほどの欲望と共に涙《なみだ》も溢《あふ》れ出てきて、こんなよく分からない男に担がれたまま死ぬのかと、絶望に近い感情に蝕《むしば》まれる。

月が夜空の真上に昇《のぼ》り、今日が終わる。けれど、明日《あした》という日はフェルマータには存在しない。そう思い、目を閉じた時だった。

「あっ、熱い……！」

背中が燃えるように熱くなるのを感じ、フェルマータは短い悲鳴を上げた。

振り返ると、背中から蒼《あお》い炎《ほのお》がゆらりと燃え上がっている。しかし普通の炎と違《ちが》い、衣服や肌《はだ》が焦《こ》げているわけでも、熱傷になるような痛みが生じているわけでもない。呪《のろ》いの証《あかし》である【砂時計の刺青】が急激に熱を帯び、蒼炎《そうえん》を発しているのだ。

(何よ、これ……?)

フェルマータは、これが呪いの終わり——死の始まりかと覚悟《かくご》したのだが。

月が傾《かたむ》き、雲が空を流れていっても、フェルマータは死んでいなかった。呪いを受けてから三年と一日目に、フェルマータは生きていたのだ。

「私、生きてる！　誕生日を越《こ》えて生きてる！」

何が起きたのかまったく分からないが、生きているという事実にフェルマータは打ち震えた。

呪いの診断《しんだん》が誤っていた？　それとも、砂の残量を見誤っていた？　いやいや、もしや奇跡《きせき》が起こり、呪いが解けたのか？

「刺青、どうなってるか教えて！」

鏡がないためヴォルフに問うと、彼は目を細めてフェルマータの【砂時計の刺青】を注視し、「数日分だな」と淡々《たんたん》とした口調で答えた。

残念……、さすがに呪いは解けていなかったかと少し落胆したフェルマータだったが、数日余命が延びたというだけでも十分に喜ばしい。一度延びた余命だ。まだまだ延ばすことができるかもしれないし、解呪の方法だってあるのかもしれない。

「よく分からないけど、ありがとう！　生きる希望が生まれたわ！」

フェルマータは満面の笑みを浮かべ、勢いでそのままヴォルフの肩から降りようとするが、そうは問屋が卸《おろ》さなかった。

当然、ヴォルフはフェルマータを解放してはくれなかった。彼は、自身の手の甲《こう》にある【砂時計の刺青】に視線を落としたまま口を開く。

「俺も死ぬ希望を得た。故に尚更《なおさら》、貴様を手放すわけにはいかん」

「死ぬ希望？　勝手なこと言わないで。私は――」

「ノーストに行くぞ。今日は、俺と貴様の結婚記念日だ」

「はぁっ？　結婚きね――」

抗議《こうぎ》しようとしたフェルマータの言葉を遮《さえぎ》り、ヴォルフはピィィッと小さな角笛を吹《ふ》いた。

すると、ほどなくしてバッサバッサという大きな羽音が上空に轟《とどろ》き、フェルマータの頭上に黒い影《かげ》が落ち――、銀灰色《ぎんかいしょく》の鱗《うろこ》に覆《おお》われた飛竜《ひりゅう》が姿を現したではないか。

飛竜とは王国の北の辺境ノースト領に生息するドラゴン族。その肉体の強固さと大翼《たいよく》による機動力を見込まれ、【死神】や配下の魔物との戦いのために捕獲《ほかく》・調教が進められている希少生物だ。

（でっか！）

フェルマータは担がれている状態で腰《こし》が抜《ぬ》けてしまった上に、驚《おどろ》きのあまり声も出ない。実際に飛竜を見るのは今日が初めてであり、簡単にその迫力《はくりょく》に圧倒《あっとう》されてしまったのである。

けれど、ヴォルフはそんなフェルマータを待ってはくれない。彼は「行くぞ」と淡々と言い放つと、フェルマータを肩に担ぎ上げたままの体勢で、飛竜の背にひょいと飛び乗った。

「アビス、飛べ」

フェルマータが声を上げる暇《ひま》もなく、アビスと呼ばれた飛竜は主人の命令で夜空へと羽ばたいた。轟々《ごうごう》と翼が風を切る様は、まるで竜巻《たつまき》のよう。冷たい空を駆《か》ける飛竜は、あっという間にフェルマータを遥《はる》か上空へと連れ去ってしまう。

「お、降ろして！」

「落下死したいのか？」

「死にたくはない！」

ようやく声を搾《しぼ》り出したフェルマータだが、絶賛上昇《じょうしょう》中の飛竜から脱出《だっしゅつ》する手段は皆《かい》無《む》。激しい風圧に煽《あお》られ、落ちて死なぬようにヴォルフにしがみつく他《ほか》なかった。

「人攫《ひとさら》いぃぃっ！」

フェルマータの特大の悲鳴が虚空《こくう》に響《ひび》いたのだった。

気が付くと、ガラスで覆われた歪《いびつ》な形の空間にフェルマータはいた。足元には紅色《あかいろ》の砂が溜《た》まっており、ブーツの中に入り込んできて気持ちが悪い。

そしてガラスの向こう側に立つ人々が、フェルマータのことをまるで見世物を見るかのような目で眺《なが》め、指を差してくるではないか。

「魔女」

「穢《けが》らわしい魔女」

「【呪《のろ》いの魔女】」

やめて！　私は魔女じゃない！　そんな呼び方しないで！

「婚約破棄《はき》だ。魔女」

ケビン、あなたまで……！　私はあなたの代わりに呪われたのに！

愛していた人の姿まで見つけてしまい、フェルマータの胸は悔《くや》しさと悲しさで壊《こわ》れそうになってしまう。

けれど、その寸前で頭上からサラサラと何かが降ってきた。紅い砂である。

そう。フェルマータは砂時計の中にいたのだ。

ダメ！　砂が落ち切ったら死んでしまう！　私、まだ死にたくない！

誰《だれ》か！　誰か、助けて！

けれど、魔女と呼ばれるフェルマータを助けてくれる者などどこにもいない。皆《みな》、砂時計の外側から冷たく嘲笑《あざわら》っているだけだ。

たった一人を除いて。

「聖女。生きたくば、俺の妻となり、俺の呪いを解き、俺を殺せ」

金色の隻眼《せきがん》の騎士《きし》が、こちらに手を差し伸べている。

鋭《するど》い眼光に射貫《いぬ》かれ、フェルマータは葛藤《かっとう》に揺《ゆ》れるが――。

「唯一《ゆいいつ》、私を聖女と呼ぶのが【不死の狼《おおかみ》騎士】だなんてね」

砂時計のガラスにピキピキと亀裂《きれつ》が走り、フェルマータは騎士が差し伸べていた手を摑《つか》んだのだった。


どのくらいの時間、飛竜で移動していたのか分からない。

フェルマータの記憶《きおく》は、上空へと舞《ま》い上がった飛竜から豆粒《まめつぶ》のような神殿《しんでん》を目にして以降、ぷつりと途絶《とだ》えていた。つまり、気絶である。

その間、呪われた砂時計の中に閉じ込められるという悪夢を見ていたのだが、目が覚めた時に掴んでいた手は、夢に出て来た隻眼の騎士と同じものだった。

「ひっ！【不死の狼騎士】！」

「手を掴んできたのは貴様の方だ」

【不死の狼騎士】ことヴォルフは、全身全霊《ぜんれい》で恐怖《きょうふ》を示すフェルマータを理解不能と言わんばかりに一瞥《いちべつ》する。いっそう怖《こわ》い。

そして、同時にフェルマータは気がついた。今、自分がヴォルフにお姫様抱《ひめさまだ》っこされていることに。今いる場所が、見知らぬ屋敷《やしき》の誰かの寝室《しんしつ》であることに――。

「キングサイズのベッド……！」

無駄《むだ》に大きなベッドが部屋の中心に置かれている。金色の天蓋《てんがい》に囲まれた真新しいそれは、あまりに大きすぎて部屋の半分以上のスペースを埋《う》めてしまっており、どうみてもアンバランス。発注を間違えてしまいましたと言わんばかりのサイズ感だし、ベッド以外には何もない部屋だった。

（なんだこれ）

「思わず見惚《みと》れたか？　女は天蓋の付いた寝台が好きだと、兄上の書物に書いてあったのだ」

フェルマータが「は？」とヴォルフを彼の腕《うで》の中から見上げると、ヴォルフは少々得意げな表情を浮《う》かべているではないか。

（こんな阿呆《あほ》みたいにでかいベッドは、お姫様ベッドとは言わないわよ。暴君ベッドよ！）

フェルマータがそう叫《さけ》ぼうとした時、不意に身体《からだ》がふわっと宙に浮いた。正確には、弧《こ》を描《えが》くようにベッドに向かってポイと放り投げられた。

「きゃっ」

意図せず、乙女《おとめ》の悲鳴。

フェルマータは、仰向《あおむ》けの体勢でベッドに沈《しず》み込んでしまう。蜂蜜《はちみつ》色の長い髪《かみ》が真っ白いシーツの上に広がり、絵面《えづら》はドキドキキス待ちのお姫様だ。

「ちょちょちょちょ、ちょっと待って！」

大慌《おおあわ》てで起き上がろうとするも、ヴォルフが素早《すばや》くベッドに乗り上げてきて、フェルマータの顔のすぐそばに両腕を突《つ》き立てる。つまり、壁《かべ》ドンならぬベッドドンである。

「今日は、俺と貴様の結婚《けっこん》記念日だと言ったはずだ。案ずるな。手順は会得《えとく》している。貴様は俺に身を委《ゆだ》ね、ただ愛され、愛せばいい」

「めっ、めちゃくちゃなこと言わないでよ！」

「ふむ。めちゃくちゃにしてくれ、の言い間違いか？」

この野郎《やろう》。耳と目が腐《くさ》ってんのかと、フェルマータは顔を真っ赤にして「違《ちが》うわよ！」

と、ヴォルフに向かって言い放つ。

もしや、この赤面が照れた喜びの顔に見えているのだろうか。いやいや、そんなことあってたまるか。

「誰が、【不死の狼騎士】なんかと……！」

「五月蠅《うるさ》い口だ」

ヴォルフのひんやりとした右手指が、フェルマータの顎《あご》に添《そ》えられる。

フェルマータが不本意ながらも思わずドキリとして言葉を呑《の》み込んでしまったのは、ロマンス小説の読みすぎのせいかもしれない。そして、自身に男性との蜜月《みつげつ》な経験がないためか——。

（あ、これ流されちゃうやつ……）

ヴォルフの右手甲《こう》に蒼《あお》い炎《ほのお》が揺らめく様を見つめながら、フェルマータはハッと息を呑む。

その時だった。

寝室の扉《とびら》が乱暴に蹴《け》り開けられ、血相を変えた男女が飛び込んで来たのは。

「ヴォルフ様！　早まられるな！」

「げっ！　即日襲《そくじつおそ》おうとするとか、マジドン引きなんですけど」

赤色の髪の男性と、青色のショートボブヘアの少女——。騎士とメイドといった装いの二人が、それぞれヴォルフとフェルマータに駆《か》け寄り、慌ててほぼゼロ距離《きょり》から引き離《はな》した。

「慎重《しんちょう》になさいませと申し上げたはず！　強引《ごういん》な手段は避《さ》けるよう、私は何度も……！」

赤髪の男がものすごい剣幕《けんまく》でヴォルフをどやしている。ヴォルフを「様」付けしていたことから、彼は部下や家臣の身分と思われるのだが容赦《ようしゃ》がない。ヴォルフが「時間がなかったのだ」とムッとした様子で反論するも無駄であり、しかめた顔で主人を部屋の隅《すみ》へと追い立てている。

（この状況《じょうきょう》、いったいなんなの？）

ホッとしたからか、ようやく思考と感覚が戻《もど》って来たらしい。フェルマータは自分の背中に燃えるような熱さがあることに今さら気が付き、「ううう……」と苦しげな息を吐《は》き出した。森にいた時と同じだ。【砂時計の刺青《いれずみ》】から蒼い炎が揺らめき立っている。

「わっ。蒼い火ぃ出てんだけど！　あの話って、ホントだったん？　やっぱ、辺境伯に何かされてんじゃゃん！」

メイドが心配そうにフェルマータをのぞき込むと、それを聞いたヴォルフは黙《だま》ってはいなかった。

「おい。俺が危害を加えたと言いたいのか」

「しかないじゃゃん。アホ辺境伯！」

「いい度胸だ、ブルーナ。表に出ろ！」

メイドがふてぶてしく舌打ちし、ヴォルフが声を荒《あら》らげる。

あぁ、こいつらうるさいなと、フェルマータが黙って背中の熱に耐《た》えていると――。

「心配はご無用。寧《むし》ろ、刺青の蒼炎《そうえん》反応は歓迎《かんげい》すべき現象です」

赤髪の男が振《ふ》り返り、フェルマータに向かって微笑《ほほえ》みかける。そして人当たりの良い笑みを浮かべたまま、やや乱暴にヴォルフの右手首をグイと捕《つか》まえ、彼の右手の甲にある呪《のろ》いの刺青をこちらに向けて見せて来た。

すると、フェルマータと同じ蒼い炎が、彼にもゆらりと揺らめいているではないか。そういえば、けっこう前から燃えていたような気がする。

「ヴォルフ様は平然としていらっしゃいますが、この【砂時計の刺青】も蒼炎を帯びております。聖女様も同じでしょう」

「そう……だけど」

フェルマータが目を瞬《しばた》かせていると、徐々《じょじょ》に小さくなってきた炎にメイドが手で触《ふ》れ、「私が触《さわ》っても熱くないや」と驚《おどろ》きの声を上げている。

そして、赤髪の男の口から衝撃《しょうげき》の事実が告げられた。

「【砂時計の刺青】の蒼炎反応は、呪いが解けつつある証《あかし》。【死神】による呪いを受けた者どうしが愛を育《はぐく》むことで、その呪いが解けるのです。ただし、呪いがあれば誰《だれ》でもいいというわけではない。呪いにも相性《あいしょう》がありますから。つまり、聖女様と我が主――ヴォルフ様は運命で結ばれた存在なのです」

（聞き間違い？　愛とか運命とか聞こえましたけど？）

フェルマータはぎょっとして、赤髪の男を見つめ返す。

だが、彼の眼差《まなざ》しは至って真剣そのもの。「ドッキリ大成功！」などといったふざけた雰囲気《ふんいき》は微塵《みじん》もない。

「いやいや、運命って。愛で呪いが解けるなんて」

「ナギア王国一の【死神】学者の見解です」

「そんなの初耳よ」

「三年間森に引き籠《こも》っておられたからでしょう。最新の研究結果ですよ」

赤髪の男は、物腰柔《ものごしやわ》らかな口調でフェルマータを論破していく。そしてトドメの言葉は、

「実際、聖女様はヴォルフ様に愛までとは言わずとも、感謝の念を抱《いだ》かれたのでは？　そして蒼炎反応が起こり、昨日までだったはずの寿命《じゅみょう》が延びておられる」

である。

これにはフェルマータも「たしかに」と頷《うなず》かざるを得なかった。

（たしかに、危ないところを助けてくれて感謝したし、二十歳《はたち》の誕生日を越《こ》えても生きてるし……）

「で、でも！　だからって、いきなり拉致《らち》されて、妻になれとか愛せとか言われても無理よ！」

「互《たが》いの呪いが解けるまでの一時的な契約結婚《けいやくけっこん》だ。俺が死した後は自由にしてかまわん」

フェルマータは天蓋《てんがい》ベッドの上から吠《ほ》えるが、当のヴォルフが淡々《たんたん》と切り返してくることが腹立たしい。

かつて、愛を信じた末にこっぴどく裏切られた身なのだ。フェルマータにとって、人を愛することは十分にトラウマになっていた。

（ケビンは私を自分に相応《ふさわ》しいと思って、傍《そば》に置いていただけだった。打算的な愛なんて、私はもう要《い》らない）

そんなフェルマータの胸中を知ってか知らずか、赤髪《あかがみ》の男は少し身を屈《かが》め、フェルマータに小声で耳打ちをしてきた。

「あなたが無理に主を愛する必要はありません。主から愛されるだけで、あなたの呪いは解けるのですから」

と。

フェルマータの真隣にいるメイドにも聞こえていたらしく、彼女は「家臣のくせに」と批判めいた感想を呟《つぶや》いた。

聞こえていないのはヴォルフだけ。彼には気の毒だが、フェルマータにとっては朗報だ。

「形だけでも妻になって生活していれば、ご主人様の良い所が見えてきて、きっと好きになってくれるはず……とか思ってる？　甘いわよ」

フェルマータは挑戦《ちょうせん》的な笑みを赤髪の男に向けた後、腹を括《くく》り、堂々とヴォルフの前に仁王《におう》立ちをした。

やはり、バケモノと呼ばれる【不死の狼騎士《おおかみきし》】というだけある。彼に真正面から向き合うだけで、その鋭《するど》い緊張感《きんちょうかん》に思わず怯《おび》えそうになってしまう。

けれど臆《おく》してはならないと、フェルマータは自分に言い聞かせる。なぜなら彼は――。

「これからよろしくお願いします。旦那《だんな》様」

仁王立ちから一変。ぼろぼろになった聖職衣の裾《すそ》を軽く持ち上げながら、フェルマータはヴォルフに淡《あわ》く微笑んでみせる。

（もう、誰も愛したくない。だけど、死にたくはない。なら、やるべきことは決まってるじゃない）

ヴォルフの金色の隻眼《せきがん》が大きく見開かれ、瞳《ひとみ》の中にフェルマータが映し出されていた。

「……貴様と俺の呪《のろ》い、必ず解くぞ」

「えぇ。呪われ婚の終わりを目指して――」

『死にたい』と『生きたい』を叶《かな》えるために――。

あぁ、聖女なのにこんな偽《いつわ》りの笑顔を貼《は》り付けて……。先生に怒《おこ》られてしまいそうだと、フェルマータは恩師の顔を思い浮《う》かべたが、もう後には引けない。

(私の呪いさえ解けたら、こんな契約結婚、すぐに解消してやる。それまでせいぜい全力で愛してよね、【不死の狼騎士】様)


王都に在するゾタ教会に、一人の男が静かに入って行く。

黒茶色の長い髪を垂らしている、中性的な顔立ちの若い男。ゆるりとした司祭用の聖職衣に身を包み、光を失った目を閉じたまま歩を進める彼の名は、ドルマン・エンセント。他者を寄せ付けない圧倒《あっとう》的な神聖術の使い手で、異例にも二人目のゾタ教会最高位の職——大司教に選出された男だ。

「今日は一段と熱心に祈《いの》っているのですね」

ドルマンが穏《おだ》やかな視線を向ける先で、細身の中年の男が祈りを捧《ささ》げていた。

浅黒い肌《はだ》に縦襟《たてえり》の聖職衣を纏《まと》っており、傍《かたわ》らには、かつてゾタ神が振るったとされる神《しん》杖《じょう》が置かれている。

「当然だ。今宵《こよい》、また一つの命が【死神】によって奪《うば》われたのだからな」

「命……というと?」

「ドルマン。貴様、薄情《はくじょう》な奴《やつ》め。今日はルークライトが呪いで命を落とす日だ」

男は神杖を手に取ると、苛立《いらだ》った態度でドルマンを睨《にら》みつける。

「そうでしたね。もう三年経《た》ちますか……。あの子──、フェルマータ・ルークライトの魂《たましい》が、再びこの世に生を受けた時には、また出会いたいものです」

「そうだな。その時代には【死神】を滅《ほろ》ぼすことができていたらいいのだが……」

再び目を閉じ、主であるゾタ神に祈りを捧げるこの男の名は、アデラール・ミレー。フェルマータが追放された後に、ケビン王子の傍付きの任を引き継《つ》いだ聖職者。

そして、民《たみ》の声に耳を傾《かたむ》け、真摯《しんし》に寄り添《そ》う人望厚き大司教である──。

第二章　死にたがりの騎士は己の言葉で語らない

空がゆっくりと明るくなってくる夜明け前――。

ブレンネル屋敷《やしき》の敷地内にある墓地に、ヴォルフ・ブレンネルはいくつかの花を供えにやって来ていた。

「兄上。まだそちらには行けそうにありませんが、いずれ必ず……」

ヴォルフは最も奥にある墓に語り掛《か》けると、右手の【砂時計の刺青《いれずみ》】の砂を見つめ、白いため息を吐《は》き出した。砂時計のほとんどの砂が上部に残っており、兄と同じ場所に行くことができる日は遠そうである。

（あの日、兄上と共に死ぬことができていれば――）

二百年前のあの日。【死神】を討伐《とうばつ》するためのノーザ神殿遠征《しんでんえんせい》で、ヴォルフは兄レオン・ブレンネルを失った。あの時の壮絶《そうぜつ》な戦いを思い出すたびに、眼帯の下の傷がズキンと痛む。

ヴォルフとレオンはノースト騎士団を率い、神殿内に蔓延《はびこ》る数多《あまた》の魔物《まもの》――【死神】の眷属《けんぞく》を退け、最奥の祭壇《さいだん》まで辿《たど》り着いた。だが【死神】の強さの前には誰《だれ》も歯が立たず

――。

騎士団をすべて失い、ヴォルフも【死神】の斬撃《ざんげき》によって片眼《かため》を負傷してしまった。損傷した右目の痛みで動くことがままならず、繰《く》り出した槍《やり》も【死神】に両断されてしまったヴォルフは、咄嗟《とっさ》に死を覚悟《かくご》した。

「お逃《に》げください！　兄上！」

その時、ヴォルフは傲慢《ごうまん》にもそう叫《さけ》んだ。一瞬《いっしゅん》思ったのだ。兄のために命を捧げられるのであれば、それが自分にとっての最大の誉《ほまれ》であると。

しかし、命を落としたのはレオンだった。レオンはヴォルフを庇《かば》い、【死神】に命を奪われた。

「生きてくれ。ヴォルフ」

兄の最期《さいご》の言葉にヴォルフは頷《うなず》くことができなかった。レオンの死を受け入れることができず、ヴォルフは【死神】に殺されることを望んだのだ。

けれど、【死神】はどこまでも奪う者だった。望むものなど与《あた》えてはくれない。【死神】は、死にたいヴォルフに不老不死の呪いを刻んでいった。まるで、嘲笑《あざわら》うかのように。

あの屈辱《くつじょく》の日から消えることのない喪失感《そうしつかん》、罪悪感、そして絶望――。

ようやく小さな希望を見出《みいだ》すことができたヴォルフは、初めて娶《めと》った強気な妻の顔を思い浮かべ、決意を口にした。

「兄上。一日も早く死ぬために、俺は愛とやらを手に入れてみせます」


ナギア王国には、東西南北に四つの大領地が存在する。

それぞれ環境《かんきょう》が大きく異なるが、領地の外にある神殿が【死神】に侵《おか》され、眷属たちの蔓延る魔窟《まくつ》と成り果ててしまっている点は同様だ。

それら外敵の侵入《しんにゅう》を阻《はば》むべく、四大領主たちはゾタ教会と協力し、日々民のために尽力《じんりょく》しているのが国状である。

そして四大領地の一つ、北の山脈を越《こ》えたノースト領の辺境伯《はく》ことヴォルフ・ブレンネルは、兄レオンの死よりずっと領主を務め続けている。子もなく妻もなく、老いず死なずの呪われた身で独り二百年も。おそらく、これからも――。

(っていうのが【不死の狼騎士】への認識《にんしき》だったのに、まさかこの私が妻になるなんて……)

衝撃《しょうげき》のプロポーズから一夜。フェルマータは真っ白い寝具《しんぐ》に包まれた天蓋《てんがい》ベッドからそろりと移動し、大きなガラス窓から屋敷の外を眺《なが》めていた。

別の部屋で寝《ね》たのか、昨夜あれからヴォルフがこの部屋を訪《おとず》れることはなく、とても穏やかな朝である。屋敷の外も同じく穏やかであり、うっすらと銀雪の積もった庭が美しく見えた。

(王都では雪なんてほとんど降らなかったから、ちょっと新鮮《しんせん》……)

フェルマータは思わず契約結婚《けいやくけっこん》のことを忘れ、うっとりと雪景色に見とれかけてしまったが、つかの間のことだった。ドアをトントンとノックする音と、昨夜出会った青髪《あおがみ》のメイドの「おはようございまーす。着替《きが》え持ってきたよー」という、間の抜《ぬ》けた声で我に返った。

「おはよう。えぇと、名前は……」

「ブルーナ・ハーマイン。赤髪の騎士いたでしょ？　レドリックって言うんだけど、それの妹。ウチは、代々ブレンネル家に仕えてる家」

名乗りながら、ブルーナは足の先でドアをちょいっと蹴《け》り閉めた。そう、足で。

(足……っ!?)

フェルマータは、心の中で突《つ》っ込まずにはいられなかった。いくら両手がドレスで塞《ふさ》がっているとはいえ、足はないだろう。足は。

昨夜はそれどころではなかったので良しとしていたが、彼女の言葉遣《ことばづか》いも所作も酷《ひど》いものだ。歳《とし》はフェルマータよりほんの少しだけ若い印象だが、それでも王城で見てきたメイドたちと比べると、まるで素人《しろうと》だ。

（なんていうか……、超《ちょう》無礼！　このお屋敷、大丈夫《だいじょうぶ》？）

「えっと……。よろしくね、ブルーナ。あなたが私の専属メイドってことでいいのかしら？」

「え。無理です。専属してたら仕事終わんないし。メイドって、私だけだから」

「えっ！」

衝撃。辺境伯の屋敷にメイド一人。

そんなことが有り得るのかと目をぱちくりさせるフェルマータを見て、ブルーナは「ビビるよね」と、うんざりとした表情のまま笑ってみせる。

「辺境伯が怖《こわ》くて、使用人はみんなすぐ辞《や》めちゃうんだよ。私も一度は逃げたんだけど、辺境伯がお嫁《よめ》さん迎《むか》えるからって、兄貴に連れ戻《もど》されたわけ」

「えぇ……。なんだか、ごめんなさい」

「わっ、謝らないでよ。私も入り用だから稼《かせ》ぎたくて、ちょうどよかったし！」

フェルマータは、両手をぶんぶんと胸の前で振《ふ》り、笑ってくれたブルーナにほっとした。

ただでさえ、初めての土地での愛情ゼロ結婚なのだ。強がりなフェルマータであっても、心細くないわけがない。できれば、歳の近い女の子とは仲良くしたいに決まっている。

けれど、新たな情報解禁にフェルマータはゾッとせずにはいられなかった。

（使用人がすぐ辞めるって、あのヴォルフって男、いったいどんなパワハラを……）

あの恋愛《れんあい》感覚が崩壊《ほうかい》している男だ。きっと使用人たちへの配慮《はいりょ》や感謝もなく、偏《かたよ》った価値観を押し付けているに違《ちが》いない。フェルマータが、なんて気の毒な使用人たちなのだろうと考えていると――。

「聖女。いいことを思いついたぞ」

ガチャリとドアノブが回る音がしたかと思うと、ノックも声掛けもなしに噂《うわさ》のパワハラ辺境伯ことヴォルフが部屋に入って来たのだ。それはもう、ズカズカと。

「ちょ……っ！　勝手に入って来ないでよ！」

「ここは夫婦《ふうふ》部屋だ。俺の部屋でもある」

「そうだけど……！」

フェルマータが言い返すことができずに「むぐぐ……」と唸《うな》っていると、ブルーナが素《す》早《ばや》く間に滑《すべ》り込んできて、羽毛《うもう》のふかふか枕《まくら》でヴォルフを殴《なぐ》りつけた。

ぼふんっと柔《やわ》らかい打撃《だげき》音がすると同時に、枕の中身の羽根が部屋中に舞《ま》った。

「今から着替えだ！　出て行け、阿呆《あほう》！」

「着替えだと？　なんだそのドレスは！　俺が用意しておいた物はどこへやった!?」

「クソださかったから、暖炉《だんろ》にくべた！　これは私が徹夜《てつや》して作ったやつだよ、文句ある？」

「ふむ。いい度胸だな、ブルーナ。かまわん。相手になってやる」

バッチバチに火花を散らし、睨《にら》み合うブルーナとヴォルフ。そして視界いっぱいの羽毛を見て、ここは天国みたいな地獄《じごく》なんだろうか……と、フェルマータは思わず眩暈《めまい》を感じた。

(あぁ、もうっ。夢なら覚めて)

その後、ふわふわの羽根にまみれたフェルマータは、妹と主人の怒号《どごう》を耳にしてすっ飛んできた騎士《きし》レドリックによって救出されたのだった。

「――で、『いいことを思いついた』って、何ですか?」

朝一番のドタバタ劇を終え、フェルマータは食堂のテーブルでヴォルフと向かい合っていた。

ブレンネル家の食堂は、無駄《むだ》に広い。長いテーブルが部屋の中央に置かれているのだが、使用者がほんの数人なのだから、テーブルを小さいものに換《か》えてもいいのではと思ってしまう。初め、うっかりフェルマータとヴォルフの二人ともが誕生日席に座ってしまい、互《たが》いの表情がよく見えない事件が起きたのだから。

(まぁ、よく見えないくらいが心臓に優《やさ》しいのかもしれないけど)

正直に言うと、まだまだヴォルフが怖い。真正面にいると尚更《なおさら》だ。剣《けん》で串刺《くしざ》しにされて平然としていた恐《おそ》ろしい姿が忘れられないし、金色の隻眼《せきがん》に見つめられると、狼《おおかみ》に睨まれたうさぎのような気分になってしまう。

けれど、生きるために怯《おび》えてはいられない。愛されなければ、死の呪《のろ》いは解けないのだから、フェルマータはヴォルフに好かれる必要がある。

(ここは、愛想《あいそ》よくするのよ。私の麗《うるわ》しのスマイルで一撃《いちげき》ころり。あの一国の王子を落とした恋愛マスター・フェルマータ様にかかれば――)

「あぁ。貴様、神聖術に長《た》けているだろう。その術で俺を殺してみろ」

「へ……？」

ヴォルフの言葉に目がテンになってしまったフェルマータである。

「今、なんと？」

「神聖術で俺を殺してみろ、と言った」

(聞き間違いじゃなかった)

表情筋が引き攣《つ》るフェルマータをよそに、ヴォルフは嬉々《きき》として語り続けた。

「これまで色々と試《ため》してきたが、神聖術は食《く》らったことがない。不老不死の呪いに打ち勝ち、俺に死をもたらすことができるやもしれん。うむ。待ち切れんな。すぐに最大火力は出せるか、聖女」

「えっ。えぇっ？　何ですか、その思いつき。圧が怖いんですけど！」

フェルマータが全力で引いていると、厨房《ちゅうぼう》からレドリックが現れ、「ヴォルフ様」と、自らの主人に釘《くぎ》を刺《さ》してくれた。笑顔《えがお》だが、ゴゴゴゴ……という音が聞こえてきそうな凄《すご》みがあり、頼《たよ》れる家臣じゃあないかと、フェルマータはひとまず胸を撫《な》で下ろした。

「神聖術は、【死神】や眷属《けんぞく》を倒《たお》すためにあるんです。そんな使い方したら、ゾタ様がお怒《いか》りになります」

「神聖術を人除《ひとよ》けの結界として使っていた者の台詞《せりふ》ではないな」

「うっ」

飲んでいた紅茶を噴《ふ》き出しそうになり、フェルマータはごほんごほんっと咳払《せきばら》いで誤魔《ごま》化《か》した。

「な、なんにせよ、自分だけ死のうとしないで下さい！　あなたが死んだら、誰《だれ》が私の呪いを解くんですか。愛し、愛されることが、私たちの契約結婚の条件でしょ？」

（私は愛する気ないけど）

フェルマータが取り繕《つくろ》うと、ヴォルフは「ふむ」と納得《なっとく》した様子で唸り、レドリックは「その通り」と言わんばかりに頷《うなず》いた。

「すまなかった、聖女。つい、癖《くせ》で死ぬ方法を求めてしまった」

（癖……？）

「丸い言い方をすると、ヴォルフ様は『自殺マニア』でいらっしゃいます」

（丸いとは……？）

「では、レド。しばらくは、自殺用の武器と毒薬の購入《こうにゅう》を控《ひか》える故《ゆえ》、職人たちに領地から出ても良いと伝えてくれ」

「御意《ぎょい》にございます」

この主従は何を言ってるんだと、フェルマータは頭がくらくらしてしまう。

（拉致《らち》か？　職人たちまで拉致してるのか？）

これは確実に、とんでもない男に嫁《とつ》いでしまったようである。

「大丈夫《だいじょうぶ》ですか、フェルマータ様。空腹による眩暈ですね。すぐに朝食をご用意致《いた》します」

笑顔のレドリックに、「分かってて言ってるでしょ」と言い返したくなるフェルマータだったが、ふと彼がエプロンを着けていることに今さらになって気が付いた。そういえば、今朝の再登場は厨房からだった。

「あなた、料理人だったの？」

「騎士ですよ。偶然《ぐうぜん》料理人が辞めたままなので、必然的に料理が得意な私が厨房を預かっているというだけの話です」

（まさかじゃないけど、使用人すぐ辞めちゃう問題がここにも……！）

こいつのパワハラのせいか！　と、フェルマータはヴォルフに険しい視線を向けた。しかし、当の本人はどこ吹《ふ》く風。

「熱視線というやつか？」

と、わけの分からないことを口にしていた。

（もうそれでいいわよ。私を好きになってくれるなら）

そして、色々と割り切ることにしたフェルマータは、レドリックのエプロンを見てハッとした。

（いける……！　旦那《だんな》様の胃袋《いぶくろ》摑《つか》んじゃう作戦……！）

「レドリック。朝食は私が作るわ！　そこで待っていて！」

「えっ、あの……、フェルマータ様！」

呆気《あっけ》に取られているレドリックをよそに、フェルマータはやる気満々に厨房へと入っていったのだった。


そして、半刻ほど経《た》ち――。

「厚切りベーコンのエッグベネディクト。シーザーサラダ。ミネストローネ。デザートはフルーツ盛り合わせよ！」

長テーブルにずらりと並ぶ皿の前に、フェルマータは自信満々に仁王《におう》立ちである。

レドリックは感嘆《かんたん》の息を漏《も》らし、目を見張っている。

「ふふふ！　守護聖女だからって、全部世話人任せにしてたわけじゃないのよ！　料理は下積み時代に散々やってきたんだから。ここ数年間だって自炊《じすい》してたし……」

幼い頃《ころ》は、養護院を兼《か》ねている教会で。昨日までは、森の中で。

フェルマータの料理の腕《うで》はなかなかのものであり、ついでにサバイバル能力も高い。そこいらの澄《す》ましたご令嬢《れいじょう》とはわけが違《ちが》う――のだが。

「えっと……、ヴォルフ様は？」

あれれと食堂中を見渡《みわた》せど、肝心《かんじん》の愛《いと》しの旦那様（仮）の姿がない。食堂には、フェルマータとレドリック、そしてジョバンニしかいないのである。

「って、なんであんたがいるのよ⁉　ジョバンニ・ガラン！」

「やぁ、フェルちゃん。おっさん、君のこと覚えてたよー。あ、狼の旦那なら、もう出て行ったよ」

「誰がフェルちゃんよ！」

フェルマータがキツく睨《にら》みつけても、へらりとした笑みを浮《う》かべるこのジョバンニという男は、王族お抱《かか》えの【死神】学者だ。そして、三年前フェルマータに死の呪いの診断《しんだん》を下した男でもある。フェルマータは、今でもあの時のジョバンニの淡々《たんたん》とした声が忘れられず――。

『あー……。死の呪いだね。余命三年の。残念だけど、人生の終わり、見えちゃったね――』

冷たい視線を浴びせられ、何かの間違いではないかという抗議《こうぎ》も聞き入れられることはなかった。

(ていうか、ぶっちゃけ恨《うら》んでる)

「逆恨みは勘弁《かんべん》。おっさんだって仕事だったんだから、しょうがないでしょうが」

顎《あご》の無精髭《ぶしょうひげ》を撫《な》でながら、ジョバンニはフェルマータの内心を言い当ててきた。

彼の言い分はもちろん理解できる。【死神】による呪いを特定することが、【死神】学者の仕事の一つなのだから。

(分かってる。けど、あの日の屈辱《くつじょく》は、そう簡単に忘れられない……)

「だって、あんたたち【死神】学者は、呪いを告げられた人が、どんな悲惨《ひさん》な人生を送るかなんて知らないでしょ。無責任に診断を言い渡すだけだもの!」

噛《か》みつく勢いのフェルマータを目の前にして、ジョバンニは「おっかないねぇ」とそそくさとレドリックの後ろに逃《に》げ込んだ。

「フェルちゃん、その節はごめんとしか言えないんだけどさ。今なら分かるよ。被呪者《ひじゅしゃ》がどれだけ疎《うと》まれて、つらい目に遭《あ》わされるか。……だって、おっさんも呪われちゃったから」

「はぁっ？」

微塵《みじん》も予想していなかったジョバンニの発言に、フェルマータは目を丸くした。その場しのぎの虚言《きょげん》ではないかと思ったが、視線が合ったレドリックがその可能性を否定した。

「ジョバンニ博士は被呪者で間違いありません。一年ほど前に呪《のろ》われた博士を、ヴォルフ様が解呪の研究のために拉致して来ました」

（拉致好きだな、あいつ！）

「博士は被呪者になったせいで、国王から手のひら返しを食《く》らって、【死神】研究所をクビになり、再就職も絶望的で、王都にいられなくなったのですよね」

「そーそー。レドちゃん、傷を抉《えぐ》るの上手《うま》いねぇ」

ジョバンニは「やれやれ」と笑いながら、ぺろりと舌を出して見せた。そこにあったのは、正真正銘《しょうしんしょうめい》【砂時計の刺青《いれずみ》】。砂が四分の一ほど落ちている状態だった。

「これのせいで、おっさんの研究は全部嘘《うそ》っぱち扱《あつか》いになったよ。嘘つきの舌だってさ。見えにくいところにあるのに、【死神】学者の診断が出ると、誰にも隠せなくなっちゃうんだよねぇ。まるで、指名手配犯だわ」

「う～～～……。そんなこと言われたら、八つ当たりできないじゃないの！　私と同じ境遇《きょうぐう》だし……」

憤《いきどお》りを胸の内に押し込み、フェルマータはどすんっと乱暴に椅子《いす》に腰《こし》かけた。なんだか、無駄《むだ》に入っていた力が抜《ぬ》けてしまった感じだ。

「呪《のろ》いを解く研究をしてるって言うのなら、しっかり協力してよね！　私はさっさと死の呪いを解いて、契約結婚《けいやくけっこん》を終わらせたいんだから」

「おや。おっさん、許してもらえたのかな。ケビン王子と交際してた時は、傲慢《ごうまん》な聖女様かと思っていたよ」

「黒歴史言うのやめろ」

フェルマータがムッとしてジョバンニを睨むと、彼は「美人の怖《こわ》い顔も悪くない」と顔を綻《ほころ》ばせた。なんだか、摑《つか》み所のない男である。

「――で、なんでヴォルフ様はいないのよ。あなたたち、見てたんなら引き留めてよ」

フェルマータが話を本題に戻《もど》すと、ジョバンニは「食事、いらないからじゃない？」と、さらりと言い放った。

「お腹《なか》いっぱいだったってこと？」

「いいや。狼《おおかみ》の旦那の不老不死の呪いって、なかなか強烈《きょうれつ》でさ。特に、不死の部分。痛みはあるけど、槍《やり》で貫《つらぬ》こうが、剣《けん》で切り裂《さ》こうが、心臓は止まらない。首は斬《き》り落とせないし、どんな傷でも、勝手に治癒《ちゆ》する。時間はかかるけどさ」

フェルマータは、初めてヴォルフに出会った森での出来事――剣で串刺《くしざ》しにされていた彼の姿を思い出した。

『痛覚はある。だが、痛がって何の意味がある。死することができぬ痛みに浸《ひた》る時間など、俺にはない』

血まみれでそう語っていたヴォルフは、死なないと分かって凶刃《きょうじん》を受けていたのだろう。

「他にも色々あるよ。例えば食べなくても飢《う》え死にしないし、眠《ねむ》らなくても衰弱《すいじゃく》死なんてしない。不老不死の呪いは、あらゆる死を許さないからね」

「え……」

「私は生まれた時よりこの屋敷《やしき》におりますが、ヴォルフ様が食事を摂《と》られているところも、眠っておられるところも見たことがございません。生きる希望を持たないあの方には、必要のないものだからです」

ジョバンニに続いて、レドリックはそう言った。

彼の少し寂《さび》しそうな表情からは、主の行動を良しと思っていないことが見て取れる。深読みしすぎかもしれないが、レドリックが料理の腕を磨《みが》いた理由は、ヴォルフに何かを食べさせようとしたからではないか……と、フェルマータは思わずにはいられなかった。

「私、あいつに同情なんてしないんだから……！」

けれど──。

フェルマータはムカムカと胸に怒《いか》りが湧《わ》いてくるのを抑《おさ》えきれず、勢いよく立ち上がった。そして、テーブルの上で冷めていく朝食を見つめ、グッと力強く拳《こぶし》を握《にぎ》りしめる。

「死にたいからって、何してもいいわけ？　この世には生きたくても生きることができない人がごまんといるの！　少なくとも私の前で……、いつ死ぬか分からない私の前で、人の好意を無下にするような真似《まね》は許さないわ！」

感情を吐《は》き出したフェルマータを見て、レドリックとジョバンニはとても驚《おどろ》いたようだった。レドリックに関しては、少し目が輝《かがや》いていて、嬉《うれ》しそうにも見える。

「ヴォルフ様は、書庫に向かわれました。まだいらっしゃるかと思いますよ」

「ありがと！　引きずってでも連れて来るわ」

「ここが書庫だよ」

フェルマータを案内するために付いてきてくれたブルーナが、書庫の扉《とびら》を開いてくれた。鍵《かぎ》はかかっていなかったため、やはり中にヴォルフがいるらしい。

(広い書庫……。どこにいるのよ、あいつ)

書庫内にびっしりと並ぶ本棚《ほんだな》には、ヴォルフが長年にわたって集めてきたであろう【死神】に関する書物が詰《つ》まっているが、劣化《れっか》が激しいものや埃《ほこり》を被《かぶ》っているものも多い。他《ほか》にも妖《あや》しげな黒魔術《くろまじゅつ》の本も置いてあったが、いずれも死ぬための方法を求めて掻《か》き集めたものだろう。

（ここにある本の知識では、不老不死の呪いを解くことはできなかったってことよね……）

フェルマータはブルーナと別れて本棚の間を歩きながら、ヴォルフの過ごした二百年に思いを馳《は》せた。

どれほど痛くて苦しい思いをしても、死ぬことがない――。大昔の王様が不老不死の秘宝を求めたなんておとぎ話は聞いたことがあるが、いざそうなってみたら、何を思うのだろう。

（あと数日で死が訪《おとず》れるかもしれないと怯《おび》えている私と、生が永久に続くかもしれないと苦しんでいるあいつ。こうも真逆だなんて）

書物の背表紙を指でなぞりながら、自分はヴォルフの見えているほんの少しの部分しか知らないのだと、改めて思っていると――。

「ん……？」

【死神】関連の書物の棚《たな》が並ぶ中、一角だけ毛色の異なる棚が目に入った。とびきり綺麗《きれい》な棚に丁寧《ていねい》に保管されている書物は、なんだか背表紙が桃色《ももいろ》というか肌色《はだいろ》というか――。

（何の本なんだろう）

「あっ！　その棚は見ちゃダメなやつ！」

「えっ？」

　少し離《はな》れた場所にいたブルーナの声に驚き、フェルマータは取り出しかけていた桃色の薄《うす》い書物をうっかり床《ゆか》に落としてしまった。

　高価な書物ならば、傷でも付いたら大変だ。大慌《おおあわ》てで拾い上げたフェルマータだったが、偶然《ぐうぜん》めくれたページを見て、思わず「ひゃっ」と声を上げずにはいられなかった。

（男女のあれやこれやが絵付きで載《の》ってるオトナの本……！）

「うぅ〜〜っ、何よこれ……！」

　フェルマータは真っ赤になってピンクの書物を閉じるが、挿絵《さしえ》が目に焼き付いて離れない。恋愛《れんあい》マスター（自称《じしょう》）にとっては、刺激《しげき》が強すぎる特殊性癖《とくしゅせいへき》が詰まったものだったのだ。

　一刻も早く書庫から去らなければと、フェルマータが「ブルーナ！　撤退《てったい》よ！」と叫《さけ》ぼうとした時。

「蔵書に触《さわ》るな」

　低く威圧《いあつ》的な声が書庫に響《ひび》き、フェルマータは恐《おそ》る恐る後ろを振《ふ》り返った。

（なんでこんなタイミングで来るのよ、こいつはぁぁっ！）

　愛する旦那《だんな》様（仮）ことヴォルフが、眉間《みけん》に皺《しわ》を寄せてこちらを睨《にら》みつけていたのだ。見るからに怒《おこ》っている。フェルマータは冷や汗《あせ》だらだらである。

「勝手に触ってごめんなさい。ヴォルフ様の蔵書……、その……、すごいですね」

「俺の物ではない。これらは亡《な》き兄上が遺《のこ》した恋愛指南書だ」

「兄上の……恋愛指南書……」

フェルマータは、思わず言葉を失ってしまった。目の前の棚にみっしりと詰まった書物は、すべて兄のオトナの絵本だというのか。そして、ヴォルフはそれを恋愛指南書と呼ぶというのか。

「お義兄様《にいさま》のために捨ててあげてください！」

「何を言う。兄上の遺品には至上の価値が詰まっている。何故《なぜ》捨てる必要がある」

「死んでから辱《はずかし》めを受けるなんて、気の毒すぎるからです！」

哀《あわ》れ、兄上。

フェルマータは義兄の名誉《めいよ》のためにと必死に説得しようとするが、ヴォルフはまったく聞く耳を持たず。ムッとした様子のヴォルフは、無理矢理にフェルマータの手から桃色の書物を取り上げようとして――。

「きゃっ」

思いのほかヴォルフの力が強く、書物を放し損《そこ》ねたフェルマータは、それに引っ張られる形でその場に倒《たお》れ込んでしまった。

（私の尊い顔面が、いったぁぁ……くない？）

「ほう。日の高いうちから大胆《だいたん》な女だな」

床で顔面を殴打《おうだ》するかと思い、目を閉じていたフェルマータは、自分の下から聞こえるヴォルフの声にぎょっとした。なんと、フェルマータはヴォルフを押し倒してしまっていたのである。自分では神視点で見ることはできないが、逞《たくま》しい彼の体に馬乗りするような体勢になっていることは間違《まちが》いない。

「ふ、不可抗力《ふかこうりょく》！　不可抗力よ！」

フェルマータは、「ごめんなさい」とすぐに立ち上がろうとするも、なぜかヴォルフが腰《こし》を捕《つか》まえて放してくれない。

（おい、何すんだ）

困ったフェルマータはブルーナの姿を捜《さが》すが、こともあろうにブルーナは、本棚の陰《かげ》で「ファイトです」と言わんばかりにグーサインを送っているではないか。

違う、そうじゃないと叫びたいが、フェルマータの夫はその隙《すき》を与《あた》えてはくれなかった。

「俺を誘《さそ》っているのだろう？　恥《は》じらう演技も悪くないが、その愛らしい唇《くちびる》から甘い悲鳴を聞きたいものだ」

「えっ」

「ここには誰《だれ》もいない。俺だけに、君のすべてを見せてくれ」

（誰もいないことない！　ブルーナいるし……！　ってか、急に『君』呼びって……！）

フェルマータの蜂蜜《はちみつ》色の髪《かみ》がかかるのがくすぐったかったのか、ヴォルフは空いている左手で髪をすくい上げ、耳にかけてくれた。彼のひんやりと冷たい指が耳に触《ふ》れ、フェルマータは恥ずかしさから全身が熱くなっていく。

ヴォルフの声が、視線が、触れる手が優《やさ》しくて甘い。

(もしかして、これが本当のヴォルフ？　愛されるって、こういうこと？)

「きゅ、急にそんな……。わ、私……っ」

互《たが》いの【砂時計の刺青《いれずみ》】が蒼《あお》い炎《ほのお》を燃やしていることに気がつき、フェルマータの胸はドドドドとうるさいくらいに高鳴る。

(ヴォルフって普《ふ》段《だん》は怖《こわ》いけど、よく見なくても実はイケメンだし、実際アリ中のアリなのかもしれないけど、私そういうことしたことないし、っていうかさっきのオトナの絵本みたいなことになっちゃうの？　ねぇ、なっちゃうわけ？)

ヴォルフの金色の隻眼《せきがん》に見つめられ、心臓が耐《た》えられない……と、フェルマータは思わず目を泳がす。

すると、すぐそばに先ほどのオトナの絵本が開かれた状態で落ちているではないか。

『俺を誘っているのだろう？　恥じらう演技も悪くないが、その愛らしい唇から甘い悲鳴を聞きたいものだ』

『ここには誰もいない。俺だけに、君のすべてを見せてくれ』

二一一頁《ページ》。男の台詞《せりふ》より抜粋《ばっすい》。

「読み上げてただけかいぃぃぃぃっ！」

フェルマータは大声で吠《ほ》えると、ヴォルフの手を払《はら》い除《の》け、勢いよく立ち上がった。ドキドキ損極《きわ》まりない。

しかし、当のヴォルフはどこ吹《ふ》く風。あっけらかんとした表情で、居住まいを整えているではないか。

「ふむ。恋愛指南書通りに振る舞《ま》えば、早急に愛が芽生えると思ったのだが。存外、難しいものだな」

「燃やす！　その蔵書、絶対に燃やすわ！」

「いいぞ。夫婦《ふうふ》の間に敬語など不要。仲も深まるというわけだ」

まだ身体《からだ》の火照《ほて》りが引かないフェルマータは、「馬鹿《ばか》にして！」と声を荒《あら》らげた。乙女心《おとめごころ》を弄《もてあそ》ばれたこの怒《いか》りが当人にまったく伝わっていないことが、尚更《なおさら》悔《くや》しくてたまらない。わざわざ書庫まで追いかけて来て、こんな悔しい目に遭《あ》うなんて——。

「この恋愛観崩壊《ほうかい》男！　私はあんたを呼びに来たの！　朝ご飯、食べてほしかったから……！」

「朝飯を？　俺にか」

「そうよ！　あんたに喜んで食べてもらいたくて、頑張《がんば》って作った……から……」

数秒前までの苛烈《かれつ》さはどこへやら。理由を言葉にすると、なんだかとても子どもっぽい気がして、フェルマータの声は小さくなってしまった。

けれど、ヴォルフにはしっかりと聞こえていたらしい。

「俺のために作ってくれたのか」

「な……、何度も言わせるなっ！」

「長年食べてこなかった故《ゆえ》、俺の分など当然ないものと……。すまなかった」

ヴォルフのまっすぐな瞳《ひとみ》に見つめられ、フェルマータは涙目《なみだめ》でたじたじになってしまった。予想外に謝って来た彼を直視することができず、目がぐるぐると泳いでしまう。

「じゃ、じゃあ、食べる気があるってこと？」

「そうだな。妻の好意は無駄《むだ》にしたくない。それに、俺たちは夫婦だ。共に食べたい……と思う」

視線を逸《そ》らし、少し照れたような表情を浮《う》かべるヴォルフに驚《おどろ》き、フェルマータは大きく目を見開いた。

もしかしたら、義兄の蔵書に「夫婦は共に食事を摂《と》る」とでも書いてあったのかもしれない。けれど、その可能性を差し引いたとしても、今のヴォルフの顔と台詞は反則級だった。

(何よそれ……！　ずるい……！)

嬉《うれ》しくてうっかりにやけてしまいそうになるのを隠《かく》すため、フェルマータは「お義兄様《にいさま》の蔵書を燃やすのは、勘弁《かんべん》してあげます」と口を尖《とが》らせて言ったのだった。


翌朝の屋敷《やしき》の食堂は賑《にぎ》やかだった。フェルマータが作った朝食を食べるヴォルフを見物するためか、二人以外にハーマイン兄妹《きょうだい》とジョバンニも同じ時間に集まっていたのだ。

「何故、皆《みな》、俺を見ている。斬《き》られたいのか？」

「ヴォルフ様、朝から物騒《ぶっそう》ですね。さぁさぁ。我らのことは気になさらず、お食事をどうぞ」

「そうよ。冷めないうちに食べてよね」

レドリックに促《うなが》され、フェルマータにムッとした視線を向けられ、ヴォルフはようやくスプーンを手に取った。

今朝のメニューは、オニオンスープとマッシュポテトと白パン。昨日の見目美しい皿たちと比べると、色も地味で量も少ない。テーブルを眺《なが》めるジョバンニが「簡素だねぇ」と要《い》らぬ本音を漏《も》らしているが、そんなことは作ったフェルマータにだって分かっている。

（だって、ヴォルフのリクエストなんだもの）

ヴォルフは、昨日の朝食にもチャレンジしてくれた。けれど、献立《こんだて》の内容が重すぎて、見ただけで胃もたれを起こしてしまったのだ。

彼曰《いわ》く、「二百年ぶりの食事だったから」だそうで、手つかずのその朝食は、ジョバンニが美味《おい》しく平らげた。

なので、今朝はヴォルフが望むものを作ったつもりだ。

けれど、いざ食べてもらうとなると、緊張《きんちょう》のあまり心臓が止まりそうな気がしてしまう。もちろん比喩《ひゆ》だ。【砂時計の刺青】の砂は、昨日の押し倒《たお》し事件のおかげで少しだけ増えているのだから。

そして――。

「美味《うま》い」

熱々のオニオンスープを一口飲み込んだヴォルフは、心なしかほっこりしたような表情に見えた。

「聖女は料理が上手《うま》いのだな。驚いた」

「な、舐《な》めないでよね！　このフェルマータ様の手にかかれば、これくらいは朝飯前よ。朝ご飯だけど！」

フェルマータは「ふん」と照れ隠しのためにそっぽを向き、「私も……食べるから」と、自分の皿を厨房《ちゅうぼう》に取りに行こうとしたのだが――。

「妻に愛ある食事を作ってもらったと、兄上にお見せしなければ！　きっとお喜びになるに違《ちが》いない！」

気持ちが高ぶっていたらしいヴォルフは勢いよく立ち上がり、器用に三皿を手や腕《うで》に乗せた状態で食堂を飛び出して行ったではないか。一同、引き止める隙《すき》もなかった。

「えぇ!? あいつって、やっぱりブラコン!?」

ヴォルフの書庫での言動を思い出し、フェルマータはレドリックたちを振《ふ》り返る。すると、謎《なぞ》の間を空けて——。

「……あの方も徐々《じょじょ》に慣れると思いますから、今日だけは許して差し上げてください。照れておられるのですよ」

「あーっ、嘘《うそ》ね！ あいつは、ド級の拗《こじ》らせブラコン確定よ！」

「……」

「……」

「……」

誰《だれ》も否定はしなかったので、ヴォルフがド級の拗らせブラコンであることは間違いない。

いったいどうしたら、そんな夫（仮）に愛させることができるのだろうと、フェルマータは頭を抱《かか》えずにはいられなかった。

「早くして……」

「じっくりみさせてよ」

　カーテンの閉め切られた部屋で、白い背中を顕《あら》わにするフェルマータと、それを眺めるジョバンニ。二人の間には、静かな空気が流れていた。

「触《さわ》るよ、フェルちゃん」

　ジョバンニが背中の【砂時計の刺青《いれずみ》】に軽く触《ふ》れると、フェルマータはビクンッと身体を震《ふる》わせて——。

「ちょ、冷たいわよ！　寒いから早くして！」

「う〜ん。まだ数週間ってところかな」

　ジョバンニの指が想像以上に冷たかったため、フェルマータは全身をぶるりと震わせながらギャンと吠える。ジョバンニは、そんなフェルマータに「怒《おこ》られるなんて理不尽《りふじん》だなぁ」と、肩《かた》を竦《すく》めてため息を吐《は》き出した。

　呪《のろ》いの専門家であるジョバンニは、定期的にフェルマータとヴォルフの診察《しんさつ》をしてくれている。それ自体は有難《ありがた》い。寿命《じゅみょう》があとどれだけあるのか、何か異変はないのかなど、学者の目から見てもらえると心強い。けれど毎回芳《かんば》しくない結果ばかりを聞かされては、こちらだって落ち込まずにはいられない。

（まだまだ解呪《かいじゅ》には程遠《ほどとお》い。ぼんやりしていたら、すぐに寿命を迎《むか》えてしまいそうで怖《こわ》い……）

「もっと寿命、延びてると思ったのに……」

「イチャコラすれば早いんじゃない？　身体《からだ》の関係から芽生える愛もあるって」

「絶対に無理！」

フェルマータが力強く首を横に振ると、ジョバンニは「え～」と腑《ふ》に落ちない表情を浮かべた。その理由は、彼がゾタ教会の規則を知っていたからである。

「ゾタ教会って、不純異性交遊禁止なんだっけ？　結婚《けっこん》したかったら、教会を出るんでしょ？　フェルちゃん、とっくに追放されてんだからいいじゃないの」

「そういう問題じゃないの！　あの人、乙女心《おとめごころ》がまるで分かってないの！　今朝だって――」

思い出すだけで、また拳《こぶし》がうずいてしまう。

フェルマータが天蓋《てんがい》ベッドで気持ちよく目覚めた今朝のこと。くるりと寝返《ねがえ》りを打つと、なんとゼロ距離《きょり》の位置にヴォルフが横たわっており、こちらを凝視《ぎょうし》していたのだ。

「ひぃっ！」

「朝チュンというものを再現してみたぞ。どうだ、ときめいたか？」

「ときめくかぁぁぁっ！」

朝一番、ヴォルフにフェルマータの聖なる拳が炸裂《さくれつ》したのだった。

どれだけイケメンで、どれだけイケボであっても、一晩中、おそらく一睡《いっすい》もせずに添《そ》い寝をされていたかと思うと、ぞっとしてしまうものがある。

「心臓が高鳴るどころか、飛び出るかと思ったわよ！」

「……心臓が自発的に飛び出たら死ねるかもしれん。俺に試《ため》してくれ」

「試さない！」

真顔でそんなことを言ってきたヴォルフに神聖術をぶちかましたいフェルマータだったが、自殺マニアが喜ぶだけになりそうなので押し止《とど》まった……という朝だった。

「人間的には放っておけないけど、まともな愛になる気がしないのよね……。ま、今日もせいぜい向こうが、私にぞっこんラブになるように頑張《がんば》るわよ」

フェルマータが、大ウケしているジョバンニに背を向けて、ブラウスを着直していると――。

「こちらとしては、早急に守護税の引き上げに応じてほしいね」

ジョバンニの部屋の窓の外から、聖女時代に聞き慣れた「守護税」という単語が聞こえてきたため、フェルマータは気になってカーテンをめくった。

すると、窓の外——屋敷の入り口で、レドリックと話している濃紺髪《のうこんがみ》の男と桃色髪《ももいろ》のツインテールの少女の姿があった。服装から判断するに、ゾタ教会の司祭と聖女に間違いない。

「増税は領民の生活に関《かか》わることですので、主に報告し、慎重《しんちょう》に検討させていただきます」

「検討ねぇ。私たちに逆らうと、ゾタ神様の加護が受けられなくなるからそのつもりで頼《たの》むよ」

「あたしたち、町を守ってあげてるんだから！」

横柄《おうへい》な態度の二人に丁寧《ていねい》に対応しているレドリックを見つめながら、フェルマータはムッと腹立たしい気持ちになっていた。

守護税とは、ゾタ教会が【死神】やその眷属《けんぞく》から人々を守ることと引き換《か》えに徴収《ちょうしゅう》している税金のことだ。徴収を行うのは、各領地の教会支部に派遣《はけん》されている司祭や聖女であり、彼らは領主と同等の権力を持つとされる。だからこそ、本来税額は領主との対等な協議で決定されることとなっているのだが——。

（あの二人、完っ全に上から目線だわ。言ってることは、ほぼ脅迫《きょうはく》だし。レドリックってば、さっさとヴォルフを呼べばいいのに）

そうすれば、びびって逃《に》げ帰るかもしれないのにとフェルマータが考えているうちに、司祭と聖女は二人仲良く腕を組んで去って行く。るんるんるんと足取りは軽《かろ》やかで、デート中のカップルのような雰囲気《ふんいき》が漂《ただよ》っている。

（いや、なんで腕を組んで帰る……!?）

「なんなの、あいつら！」

フェルマータはジョバンニに共感を求めようと勢いよく振り返るが、なんとそこにはヴォルフがいた。彼はデスクの端《はし》に腰《こし》かけ、試すような目でこちらを見つめていたのだ。

「盗《ぬす》み見とは、なかなかいい趣味《しゅみ》だな。聖女」

「ちょっとやめて！　心臓が止まる！」

突然《とつぜん》のご本人登場に、フェルマータは思わず声が裏返ってしまう。

「その方法、具体的に教えろ」

「もうヤなんですけど……！」

フェルマータがげんなりとしている傍《かたわ》らで、ジョバンニが面白《おもしろ》そうに笑っているのが腹立たしい。

「そっちこそ、外を見てる私を盗み見しないでよ」

「害虫どもの声がした故《ゆえ》、ここから聞いていただけだ」

「害虫？　さっきの司祭と聖女のこと？」

「あぁ。あの二人に限らず、ノースト領に来る聖職者は、歴代そろって飾《かざ》りでしかない。

俺と関わりたくないのか、怯《おび》えてすぐに異動を希望する者や、【死神】被害《ひがい》がないからと、怠慢《たいまん》を決め込む者……。奴《やつ》らは後者だ」

ヴォルフに怯える理由は分からなくもないフェルマータだったが、「【死神】被害がない」という言葉が気になった。

最も聖職者の数が多い王都でも、月に数件の被害が報告されていたし、守護聖女だったフェルマータ自身が呪《のろ》われたのだ。どれほど守備を固めても、【死神】は人間に近づいてくる。その被害者がいないなどということは、まず有り得ないはずだ。

けれどヴォルフは、「ないものはない」と淡々《たんたん》と言い放ち、「守護税の増税については、後日教会本部に抗議《こうぎ》文を送る」と付け加えた。

「文書だけ？　びしっと言ってやらないの？」

派遣聖女の経験も持つフェルマータとしては、彼らの怠慢や傲慢《ごうまん》が許せない。聖職者は、民《たみ》の信仰《しんこう》を裏切るような真似《まね》をしてはならない――と、フェルマータは神聖術の師匠《ししょう》であり、大司教であるドルマン・エンセントから散々教え込まれてきたのだ。

（ドルマン先生が知ったら、きっとこんな悪行許さないのに……。チクってやりたいけど、今の私じゃ、先生に会うことなんて叶《かな》わない……）

ドルマンには、長らく会っていない。三年前、フェルマータが教会を去る時に、「大司教がフェルマータの追放を惜《お》しんでいた」と耳にしたので、きっと悲しんでくれたのだろうとは思っていたが。

(私が生きてるって知ったら、泣いて喜んでくれるかも……)

敬愛する師の姿を思い浮《う》かべていると、何かを察したらしく、ヴォルフが「何故《なぜ》にやけている」と刺《さ》すような視線を向けて来た。

「べ、別ににやけてないわよ。微笑《ほほえ》んでたのよ!」

慌《あわ》てて否定したフェルマータの言葉を信じる気配がないヴォルフは、「ほう」と怪訝《けげん》そうな声を出すが、追及《ついきゅう》を諦《あきら》めたらしい。

「とにかく、この件は俺とレドで片付ける。貴様は気にするな」

と、話題をあっさりと切り上げてしまった。

気にしなくても、気に食わないんですが……と、フェルマータは異を唱えようとしたが、それより早く、ヴォルフの口から意外な言葉が飛び出した。

「厄介《やっかい》ごとはさておき、デートというものに行くぞ」

「えっ」

(明らかにデートをしたことがない人間の表現……!)

突然なんだと言い返しそうになったが、そもそもヴォルフは、フェルマータを誘《さそ》うためにここまでやって来たのだろう。素晴《すば》らしい提案だと言わんばかりに胸を張り、ドヤ顔をしているので、彼なりに愛を育《はぐく》む方法を思案したに違《ちが》いない。

少々不安が付きまとうものの、恋《こい》は駆《か》け引き。相手から好かれるためには、こちらからも歩み寄らねばならないだろうと、フェルマータは自分に言い聞かせる。男性ウケ百パーセントの笑顔で、相手が喜ぶ言葉を添えることも欠かさない。

「デート？　素敵ね！　ぜひ行きたいわ！　よければ領内の町を案内してくれない？　だって、美しい町だと評判だもの！」

（喜びなさい。この美貌《びぼう》とスタイルで、一国の王子の心を摑《つか》んだ恋愛《れんあい》マスター・フェルマータ様よ！）

さぁ、エスコートしてちょうだいと、フェルマータはヴォルフが手を差し出すのを待っていた。

すると――。ちゅっ。

「兄上のノースト領に興味を抱《いだ》いてくれて嬉《うれ》しいぞ。さぁ、行こうか。俺の可愛《かわい》い子猫《こねこ》」

ヴォルフは恭《うやうや》しくフェルマータの手を取り、その甲《こう》に優《やさ》しく口づけをしたのである。

「えっ。えっ？　手にキ……、こ、子猫!?」

予想外のプリンスアクションにあわあわするフェルマータだったが、それは一瞬《いっしゅん》のことだった。ヴォルフの懐《ふところ》から、ピンク色の本が飛び出しているのが目に入ったのだ。

（また兄上の本かいぃぃぃッ！）

いい加減にしなさいよと叫《さけ》びそうになってしまう。

けれど、ヴォルフはそのような隙《すき》を与《あた》えることなく、フェルマータの手をグイと強引《ごういん》に
「行くぞ」と引いて駆け出した。おまけに、ヴォルフの右手甲とフェルマータの背中の
【砂時計の刺青《いれずみ》】が真っ青な炎《ほのお》で燃え上がっている。
「手を引かれただけでドキドキしちゃうなんて、フェルちゃんはピュアだねぇ」
「ドキドキなんてしてなぁぁいっ！」
ジョバンニに猛抗議《もうこうぎ》するフェルマータだったが、なお燃え続ける蒼《あお》い炎により、現行犯
逮捕《たいほ》は確実だ。
（なぜ今っ！　愛が燃え上がってる覚えなんてないんですけど……！）

ノースト領は神聖術を付与《ふよ》した壁《かべ》――神聖壁《しんせいへき》で領土を囲っている。壁外にあるノーザ神《しん》
殿《でん》が【死神】眷属の拠点《きょてん》の一つと言われていて、ゾタ教会の見解では、神聖壁によって
【死神】らの侵入《しんにゅう》リスクを半減させることができている……らしい。
けれど、根本的な【死神】討伐《とうばつ》は叶《かな》っておらず。かつて、ノーザ神殿攻略《こうりゃく》のためにノー
スト領主が挙兵するも、領主レオン・ブレンネルの討死《うちじ》にという苦い敗北を喫《きっ》し――。
「それからは無駄《むだ》な犠牲《ぎせい》を出さぬため、ナギアス王家より神聖壁を越《こ》えることが禁じられ

た」

「それくらいは知ってます。私、教会にいたんだもの」

うっすらと白い雪の積もったノースト領の町を散策するフェルマータとヴォルフ。そして、その少し後ろを護衛のためにレドリックが歩いている——のだが、なぜかヴォルフがローブについたフードを目深《まぶか》に被《かぶ》っており、フェルマータはそれが気になって仕方がない。

だがしかし、ヴォルフの話には切れ目がなく、聞けずじまいになっていた。

「我が兄レオンは、【死神】を討つべく果敢《かかん》に戦ったのだ。行く手を阻《はば》む眷属《けんぞく》どもをこの長剣《ちょうけん》で斬《き》り伏《ふ》せ、圧倒《あっとう》的な采配《さいはい》力でノーザ神殿を制圧していった。そして神殿の最深部で【死神】と対峙《たいじ》し、奴の鎌《かま》を弾《はじ》き飛ばし、あとわずかというところまで追い詰《つ》め——」

「なるほど」

「……その二年後だったか。兄上の死を重く見た王家と教会によって、四大領地と四神殿の間に神聖壁が築かれた。一時期、兄を慕《した》っていた領民たちがノーストを次々と出て行ってしまったが、神聖壁の守護を信じ、多くが戻《もど》って来たのだ。だが、それだけではない。領民たちは【黒獅子《くろじし》】レオンの治めた地で生きたいと口にしていた。兄上が如何《いか》に信頼《しんらい》され、愛されていたか……。俺は兄の代わりに、兄のノーストを守ろうと、その時胸に刻んだのだ」

「ご立派なお義兄様《にいさま》だったのですね」

「あぁ。言葉では形容しきれんほどにな。俺など兄上の足元にも及《およ》ばん。そして――」

（んんんん……話、なっがい！）

信仰レベルのブラコンぶりに、フェルマータは引き気味の笑いを浮かべてやり過ごす。

けれど、これではデートの醍醐味《だいごみ》はどこへやらだ。

商店が立ち並ぶ通りに行けば。

「この中央通りは、兄上が領主に就任してから整備された。ノースト騎士《きし》団の駐屯地《ちゅうとんち》が近い故《ゆえ》、武器店や薬店が充実《じゅうじつ》している。無論、兄上が誘致《ゆうち》した商人らの店だ」

酒店の前を通れば。

「兄上が提案し、造られた地酒が人気なのだ」

橋を渡《わた》れば。

「この橋は、兄上が再建された素晴らしい橋で――」

（兄上の聖地巡礼《じゅんれい》かよ！）

せっかくの美しい町並みを見ても、「兄上の〇〇」という情報しか残らない。兄上への愛に勝てる気がしない……と、足取りが重いフェルマータだったが、その傍《かたわ》らで気が付いたことがあった。同行してくれているレドリックが、領民たちから大人気なのだ。

「レドリック様！　視察に来てくださったのですか？　是非《ぜひ》うちに寄って行ってください！」

「いえいえ、私の店に！　いい野菜が入っておりますよ！」

「レドリックさまー!!　学校に遊びに来てよ」

「ありがとうございます。また覗《のぞ》かせてもらいますね」

ベーカリーの主人に青果店の女将《おかみ》、そして幼い子どもまでもがレドリックを呼び止め、当の本人は穏《おだ》やかに手を振《ふ》っている。こんな遣《や》り取りが幾度《いくど》も繰《く》り返されているのだ。

レドリックは温厚《おんこう》で人柄《ひとがら》が良いとは思っていたが、一騎士にしてはなかなかの愛されっぷりだ。

「すごい。あなたって、人気者なのね」

フェルマータが感心していると、レドリックは「いえ、私は……」となぜか言葉を濁《にご》した。謙遜《けんそん》というか、言いづらい何かを含《ふく》んでいるような言い方だ。

そして、その理由はすぐに分かった。

「不老不死のバケモノなんて恐《おそ》ろしいよ。レドリック様なら安心だ」

「被呪者《ひじゅしゃ》が領主を続けていることが許せないわ。呪《のろ》いを振りまいているかもしれないじゃない」

「レドリック様が領主になればいいのにね」

領民たちがあちこちで、ひそひそと棘《とげ》のある言葉を交《か》わしていたのだ。ヴォルフと同じく呪い持ちであるフェルマータは、すぐにカチンと来てしまう。

「何あれ。被呪者差別？　ちょっとシバいてきていい？」

「不要だ。レドには意図的に表の仕事を捌《さば》かせている故、あれでかまわん」

レドリックは何か言いたげな顔で目を逸《そ》らし、当のヴォルフは領民たちの陰口《かげぐち》を気にしていない様子で、フードをさらに深く被り直していた。

「百年ほど前からか。表立っての公務はハーマイン家の者に任せ、俺は裏役に徹《てっ》している。レドは俺の従者だが、領主代理でもあるというわけだ」

「どうして？　あなた、さっきはレオン様の領地を代わりに治めるって……」

「だからこそだ。兄上のノースト領を俺のような呪われたバケモノが代わりに治めることを、民《たみ》は歓迎《かんげい》しない。いや、しなかった。……兄上の民を失望させることは本意ではない故、俺は極力表には出ん。ごく一部には顔が割れているため、こうして外套《がいとう》を被っているが」

ヴォルフの言葉に、フェルマータの胸はぎゅんと痛くなった。

（領民たちの気持ちは分かる。私も、この人のこと『バケモノ』って思ったし……。でも――）

フェルマータは、ヴォルフが【呪いの魔女《まじょ》】と呼ばれていた自分を「聖女」と呼んでくれたことを思い出した。誰《だれ》か、私に「生きていていい」と言ってほしい。そう強く願っていたフェルマータは、ヴォルフに生を肯定《こうてい》されたことで、少なからず救われたのだ。

「ねぇ。それでいいの？」

「兄上の領民たちが平穏《へいおん》に暮らすことができれば、俺はそれでかまわん。表舞台《おもてぶたい》に立ち、愛され、称賛《しょうさん》を受けたいなどとは微塵《みじん》も思わんからな」

「兄上の領民って言うけど……」

ブラコンと死にたがりを拗《こじ》らせすぎているのか、ヴォルフの返事は頑《かたく》なだった。

私はある程度の感謝や称賛がないと、やってられないけどな……と、フェルマータがため息をついていると――。

「ヒューゴ様ぁ。あたし、まだ飲み足りませ～ん」

「リリアンの我儘《わがまま》なら、いくらでも聞こうじゃないか」

今朝、屋敷《やしき》に来ていた司祭と聖女が、白昼堂々町の酒場へと入っていく姿があった。しかも、すでに酔《よ》っ払《ぱら》っているらしく、赤い顔で千鳥足だ。そしてまた、二人仲良く腕《うで》を組み――、こっそり「ちゅっ」としたではないか。

「き、き……っ。破廉恥《はれんち》よ！　破廉恥だわ！」

突然《とつぜん》大声を上げて慌《あわ》てふためくフェルマータに、ヴォルフとレドリックは驚《おどろ》いて顔を上げた。どうやら二人は現場を見逃《みのが》したらしく、「何があった」と尋《たず》ねて来るが、フェルマータは恥《は》ずかしくて答えることができない。真っ赤になった頬《ほお》に手を当て、ぶんぶんと顔を横に振った。

「だめ！　だめよ！　こんなこと許されないんだから……！　私、ちょっとあいつらに天誅《てんちゅう》してくる」

「お、おい！　待て、聖女！」

「お二人とも、お待ちください！」

錯乱《さくらん》状態のフェルマータは司祭と聖女を追って酒場へ。そして、それをヴォルフとレドリックが慌てて追いかけていった。


ゾタ教会の規則は様々あるが、神に仕える聖職者が高潔であるために設けられているものが多い。

中でも厳しいとされるのが、不純異性交遊の禁止。心身が乱れるとして、男女の密な接触《せっしょく》は許されていない。そして、それ以上に――。

フェルマータ・ルークライトはピュアだった。

王国の王子ケビンと交際していたものの、触《ふ》れ合いは手を繋《つな》ぐことまで。手の甲《こう》や髪《かみ》への口づけも許さなかったし、王子からの投げキッスでさえ全力でかわしていた。

（だって、そういうことは、永久の愛を誓《ちか》い合ってからするものでしょ⁉　半端《はんぱ》な気持ちでするもんじゃないわよ……！）

フェルマータは幼い頃《ころ》に両親を眷属に襲《おそ》われ、天涯孤独《てんがいこどく》となってからは、極貧《ごくひん》な教会に身を寄せていた。その生《お》い立ちの影響《えいきょう》か、実力と地位と名誉《めいよ》と富のゲットのために、ひたすら神聖術と美貌《びぼう》を磨《みが》き続けて来たのだが、反比例して異性に関する知識が極端《きょくたん》に少ない。たまたまケビンに気に入られたために調子に乗り、以来恋愛《れんあい》マスターを自称《じしょう》しているが、実はヴォルフを馬鹿《ばか》にできる立場にはいないのである。

(これは、墓場まで持っていく秘密なんだから)

けれど、そう覚悟《かくご》を決めたところで、だ。

酒場にやってきたフェルマータの顔は赤いが、それは酒のせいだけではない。

フェルマータは、先ほど軽々しくキスをしていた司祭と聖女――ヒューゴとリリアンの姿を思い出し、ふしゅう……と頭から湯気を立ち昇《のぼ》らせていた。耐性《たいせい》など、あるわけがなかった。

(あの二人って、両想《りょうおも》い？　結婚《けっこん》するの？　私は愛がないまま人妻になったけど)

「少しは落ち着いたか、聖女」

酒場の隅《すみ》のテーブル席でちびちびとお酒を飲むフェルマータに、ヴォルフが心配そうな視線を向けて来た。

「大丈夫《だいじょうぶ》……。今はお酒が美味《おい》しすぎて困ってる」

「ふん。当然だ。兄上が考案された、ノースト葡萄《ぶどう》と初雪で作った果実酒だからな」

ヴォルフは誇《ほこ》らしげに酒瓶《さかびん》をアピールしてくる。彼も同じ果実酒を手に持っており、

「やはり絶品だ」と大きく頷《うなず》く姿を見て、フェルマータは「また兄上かよ……」と、うんざりしてしまう。けれどその反面で、彼のレオンへの気持ちを少し羨《うらや》ましくも感じた。

「私は親を亡《な》くしてて、兄弟もいなかったから、家族を誇らしく思う感覚が分からなくて。ましてや……」

「後を追って死にたくなる気持ちなど、想像もできない……、と言いたいのだろう？」

フェルマータは濁した言葉を言い当てられ、ヴォルフを見つめながら小さく頷いた。

同じ教会で育った友人たちや、師匠《ししょう》であるドルマン大司教への信愛は、もちろんある。けれど、どこまでも追いかけたいかと問われると、それは違《ちが》う。フェルマータは、一人であっても生きていたい。

「だって、私には私の幸せがあると思うから」

「それは、自分を一番に信じることができる故《ゆえ》だろうな。……俺は違う。俺は兄上を誰よりも信じている。戦死した親の代わりに守り、育ててくださった兄上は、いつだって正しかった。いや――。俺を庇《かば》い、先に逝《い》ってしまったことが、唯一《ゆいいつ》の誤りか」

ヴォルフの自虐《じぎゃく》的な物言いに、同席しているレドリックの瞳《ひとみ》が暗くなったのが見えた。

フェルマータが、何か言いたそうな彼に話しかけようとした時――。

「もっと若い女の子に注がせてくれるかな」

「蜂蜜《はちみつ》酒おかわりぃ〜！　代金は教会にツケといてね〜！」

賑《にぎ》やかな酒場で、ひと際《きわ》派手に飲み食いをしているのが、司祭のヒューゴと聖女のリリアンだった。周りに若い美女や美男子を侍《はべ》らせ、大盛り上がりしている。

そして、トドメは護符《ごふ》の売りつけ行為《こうい》だ。

「新しい【死神】除《よ》けの護符を作ったから、欲しい人はおいで。あぁ、一枚一万ゴールドね」

「買わなくって、呪《のろ》われても知らないわよ～！」

護符をパタパタと扇《おうぎ》のようにして見せびらかす二人は、周囲の客たちにお金を出すよう促《うなが》している。

その驚きの光景に、フェルマータは目と耳を疑わずにはいられない。そして、「呪われても知らないわよ」とは何様か。聖職者として、絶対に許されない発言だ。

「あんなの詐欺《さぎ》よ！　絶対ダメ！」

「俺とて放置する気はない。が、揉《も》め事を起こすな。証拠《しょうこ》事実をまとめ、教会の本部に直訴《じきそ》する方が確実だ」

フェルマータはヴォルフに制止され、「うぐぐ」と唸《うな》った。

（まぁ、教会から追放されてる私だって、揉め事は嫌《いや》だけど……）

フェルマータは、悔《くや》しさで唇《くちびる》を噛《か》み締《し》める。

その時。突然、ズキンとした冷たい痛みが背中の【砂時計の刺青《いれずみ》】に走り、フェルマータは「う……っ」と呻《うめ》き声を上げて体を丸めた。

「フェルマータ様！」

レドリックが心配する声により、かろうじて意識を保てたが、これまで【砂時計の刺青】が熱く燃える経験こそすれど、これほどズキズキとした痛みを感じたことはなかった。

この痛みの正体は何だと、フェルマータが息を細く吐《は》き出していると――。

「貴様は初めてか。死ぬ痛みではない。何度も味わううちに慣れる」

ヴォルフが右手の甲をさすりながら、静かに席を立った。だが、その静かさとは裏腹に、隠《かく》し切れない殺気が滲《にじ》み出ており、フェルマータはハッと息を呑《の》む。

「……もしかして、【死神】の気配？」

「あぁ。【死神】や眷属《けんぞく》が近くに現れると、刻まれた呪いと共鳴するようでな。貴様はレドと共に屋敷に戻《もど》っていろ。俺は奴《やつ》を――」

「えっ。待って……！」

「待たん。死人が出る」

ヴォルフはローブの下で長剣《ちょうけん》を握《にぎ》りしめると、こちらを振《ふ》り返ることなく店を出て行った。

そして残されたフェルマータは、痛みを堪《こら》えながら、ふっと思い浮《う》かんだことをレドリックに向かって口にした。

「ねぇ、もしかして……。ノースト領に【死神】の被害《ひがい》がないのって、ヴォルフがみんなを守っているから？」

「……その通りです」

レドリックは、ためらいがちに口を開いた。まるで罪を告白するかのような言い方から、もしやヴォルフからは口外を禁止されていたのかもしれないと、フェルマータは想像を巡《めぐ》らせた。

「自分は表に立つべき人間じゃないから？　だから、人知れず戦っているの？」

「そう……ですね。ヴォルフ様は、レオン様から預かった領民たちを呪いに晒《さら》すわけにはいかないと……。夜眠《ねむ》らないのも、すぐに【死神】や眷属を狩《か》りに行けるように。そして、すでに呪われた不死の身であれば、いくらでも皆《みな》の盾《たて》になれるからと……」

レドリックの言葉に、フェルマータの胸が締め付けられた。

誰《だれ》の愛も称賛《しょうさん》もないままに、身を削《けず》り、戦い続けているヴォルフ。守っている領民たちからは、バケモノだと恐《おそ》れられ、消えることを望まれている。

(そんな理不尽《りふじん》なことって――)

フェルマータが拳《こぶし》をぎゅっと握りしめた時、店内にヒューゴの楽しげな声が響《ひび》いた。

「バケモノ領主の呪われた領地で、これだけ平和に暮らせている理由を分かっているかい？　私たち聖職者がいるからだよ。領主の呪いをうつされたくないのであれば、積極的に寄進をしたまえ」

若い女性店員に酒を注がせ、リリアンと「いえーい」と乾杯《かんぱい》をしている姿に、フェルマータの堪忍袋《かんにんぶくろ》の緒《お》が切れた。

ドォンッ！

大きな音に酒場中の者たちが振り返った。それは、フェルマータが握りしめた拳でテーブルを力任せに叩《たた》いた音だった。

「ごめん、レドリック。……ちょっと揉め事起こしてくる」

「後処理は上手《うま》くやりますので、どうぞ存分に」

レドリックと微笑《ほほえ》み合うと、フェルマータは立ち上がり、ずんずんとヒューゴとリリアンの席に近づいて行った。魔王《まおう》のようなオーラを纏《まと》っての登壇《とうだん》に、周囲に怯《おび》えた空気が漂《ただよ》う。

「ちょっといいかしら。詐欺師な司祭さんと聖女さん」

「おやおや、美しいお嬢《じょう》さん。町を守る私たちに向かって、その態度はないんじゃないかな？」

「何が、町を守るよ。昼間っから教会規則を破って飲酒して、飲食代は経費で落とすし、それに……！　キ、キ、……、不純異性交遊までしてるし！」

「え。お姉さん誰。教会規則マニア？」

不快感を隠さないリリアンは、護符の束をバシバシとテーブルに叩きつけて威嚇《いかく》してきたのだが、フェルマータはその護符束を無理矢理ふんだくってやった。

「護符は貧富の格差による不平等が生まれないように、個人への販売《はんばい》は禁止された。代わりに守護税のベースが上がって、派遣《はけん》聖職者による神聖壁《しんせいへき》や被呪院《ひじゅいん》の管理をより強化することになったのが三年前。だから、あんたたちのしていることは、明らかなルール違反《いはん》！　ってか、神聖壁と被呪院の管理してないわよね？　で、だいたい、こんなしょっぼい紙切れ、護符とは呼べないわ。本物の護符は、破れないのよ！」

フェルマータは護符の束を豪快《ごうかい》にびりびりと破り捨て、それから手近にあった紙ナプキンにぐっと力を込めた。すると、なんと紙ナプキンに神々《こうごう》しい光が宿る。破ろうとしても破れない。神ナプキン護符である。

「真面目《まじめ》に神聖力を込めたら、こんなもんよ？」

先ほどのリリアンを真似《まね》て、フェルマータは神ナプキン護符をテーブルに叩きつける。すると、ゴォォォンという鉄鐘《てっしょう》を鳴らしたかのような重たい音が酒場に響き渡《わた》った。

当然、酒場の客たちはどよめいた。ヒューゴとリリアンも、ぎょっとして目を見張っている。

「やっぱ。何アレ！　あんなピカピカのカチカチ、大司教様くらいしか作れないんじゃ……」

「いや、待て。あと一人……。あの守護聖女なら──」

「えっ。その人、死んだんじゃないんですか」

「生きてるわよ！　勝手に殺すな！」

ヒューゴとリリアンのガクブルな会話に口を挟《はさ》むと、フェルマータは居住まいを整え、酒場中の者に向かって叫《さけ》んだ。

「言い触《ふ》らしてもらってけっこう！　元守護聖女フェルマータ・ル……、ブレンネルは、呪いなんかに負けない。ノースト領主ヴォルフと共に、呪《のろ》いに抗《あらが》っているって！」

フェルマータは凛《りん》とした態度で、神ナプキン護符《ごふ》をヒュッとヒューゴの喉元《のどもと》に突《つ》きつけた。まるで鋭利《えいり》なナイフを向けたかのよう。怯えたヒューゴは、リリアンを巻き込んで盛大に転倒《てんとう》し、二人は震《ふる》えながらフェルマータを見上げている。

「い、生きてるお前もバケモノの仲間か！」

「被呪者をバケモノ呼ばわりするなんて、最低よ。教会の聖職者だったら、すべての人のために、体を張って【死神】と戦いなさい！　ほら、今ちょうどヴォルフが戦いに行ったから。加勢しに行くわよ！」

しかし、フェルマータが二人の腕《うで》を掴《つか》み、引きずって連れて行こうとすると。

「ひぇぇぇっ！　【死神】となんて、恐ろしくてやり合えない！」

「あたし、ムリですぅ……！　ムリよりのムリ！　呪われちゃったら嫌《いや》ですもん！」

泣き喚《わめ》きながら、全身全霊《ぜんれい》で同行を拒否《きょひ》するヒューゴとリリアンの姿に、フェルマータは絶句した。

（なんて情けないの……！）

「もし呪いをうつせるんなら、あんたたちにうつしてやりたいわよ。この税金泥棒《どろぼう》！」

フェルマータは捨て台詞《ぜりふ》をギャンと吐《は》くと、腰《こし》を抜《ぬ》かしている聖職者二人と、呆気《あっけ》に取られていた酒場の客たちを置いて外へと飛び出した。

ノースト領の冷たい空を飛竜《ひりゅう》が滑《すべ》っていく。レドリックの飛竜クオーツは、ヴォルフの飛竜よりも少し体が小さいが、羽ばたきに勢いがあり、スピードは上回っているように感じる。

（う～～～っ。めっちゃ寒い！　でも――）

レドリックに必死にしがみつくフェルマータは、ズキズキと増していく刺青《いれずみ》の痛みに耐《た》えながら、遥《はる》か下の世界を眺《なが》めていた。

（【死神】の気配が濃《こ》くなってきた……、ってことよね。近いんだわ）

フェルマータがハッと息を呑《の》むと、レドリックが小さくこちらを振《ふ》り返った。

「怖《こわ》くないのですか？【死神】が」

「怖い、けど……。あの人は戦ってたんでしょ。誰に感謝されるわけでもないのに、ずっと一人で。私は呪われてから、ただ自分が可哀想《かわいそう》だと思うばかりだった。【死神】やケビンたちを恨《うら》んで、憎《にく》んで、森の中に引き籠《こも》って……」

フェルマータは、自分の空っぽな三年間を思い、そしてヴォルフの二百年を思った。生きたいくせに、周囲を恨むことしかしてこなかった自分が情けなく、ぎゅっと唇《くちびる》を噛《か》み締《し》める。

（なにが『守護聖女』よ。いったい何を守ろうとしてたっていうのよ）

「私は、そんな自分が許せないの！」

「なるほど……。私と似ておられますね。私も少し前までは、自分などにできることは何もないと嘆《なげ》き、諦《あきら》めておりました。あのお方――ヴォルフ様の優《やさ》しさに甘えていたのです」

「どういうこと？」

フェルマータが尋《たず》ねると、レドリックは前を見たまま穏《おだ》やかに語り始めた。だが、飛竜の手綱《たづな》を握《にぎ》る手には力が籠っている。

「ヴォルフ様が私に――いえ、ハーマインの者に領主代理をさせている理由ですが……。ご自身が亡《な》くなられた時に、我らが新しい領主として領民たちに快く受け入れられるようにするためです。本来、いくらヴォルフ様が願ったところで、高い貴族位を持たないハーマイン家がノースト領を治めることなど許されない。さらに、鞍替《くらが》え先の君主もおらず、没落《ぼつらく》が目に見えています。ですが、築き上げた実績と領民からの厚い信頼《しんらい》が、ハーマイン家の生き残りと領主就任を可能にするのです」

「ヴォルフが表に出たがらない理由は、領民のためだけじゃなくて、レドリックたちの未来を思ってのことだったのね。……何それ。不器用すぎるわよ」

「亡き父も祖父も、同じことを申しておりました」

レドリックは、やれやれと肩《かた》を竦《すく》めて笑ってみせた。

「私は諦めません。私の代でこそ、あの方を孤独《こどく》からお救いするのです」

「できた家臣ね。あいつにはもったいないわ」

「いいえ。私は自らのエゴで動いているだけですから……。あっ。おられましたね！」

領地を守る聖なる壁《かべ》――神聖壁《しんせいへき》のほど近くに、ヴォルフはいた。【死神】の姿は見当たらないが、数十体の狼《おおかみ》型眷属《けんぞく》と戦闘《せんとう》になっているようだった。奮戦しているが、ヴォルフは利《き》き腕を負傷したらしく、右腕がだらりとぶら下がっているように見える。

（数が多いんだわ……！）

「ここから援護《えんご》するわ」

フェルマータの言葉にレドリックが「えっ」と驚《おどろ》きの声を上げたが、これ以上の前置きをする間はなかった。

「囲い込むわよ……！」

　フェルマータは手を地上に向けると、いきなり神聖術を放った。飛竜が揺《ゆ》れ、あわや転落しそうになったものの、巨大《きょだい》な光の檻《おり》は、眷属たちを一所に集めて捕《と》らえることに成功した。

「一気にやって！」

　フェルマータが飛竜の上から叫ぶと、瞬時《しゅんじ》に状況《じょうきょう》を理解したヴォルフは、長剣《ちょうけん》を左手に持ち替えた。彼は左手では剣が扱《あつか》いづらいのか、若干《じゃっかん》険しい顔をしたが――。そこからは一瞬だった。ヴォルフは力強く大地を蹴《け》り上げ、電光石火の勢いで、眷属たちを光の檻ごと強引《ごういん》に斬《き》り捨てた。

（すごい……。一太刀《ひとたち》で倒《たお》しちゃった……）

「聖女、何をしに来た。屋敷《やしき》に戻《もど》れと言ったはずだ！」

　フェルマータが呆《ほう》けた表情で地上を見ていると、ヴォルフがたいそう威圧《いあつ》的にこちらを睨《にら》んでいた。

　けれど、フェルマータは負けまいと堂々とした態度で、着陸した飛竜から飛び降りる。ビビるな、私。そう自分に言い聞かせながら、ずんずんと歩いてヴォルフに近づき、そして彼の右腕を手に取った。

「見せて」

「む……」

やはり、骨が折れているらしく、ヴォルフは小さく顔を歪《ゆが》ませた。だが、怪我《けが》は右腕だけではなく、全身の至る所に見受けられ、彼が如何《いか》に捨て身な戦い方をしているかが想像できた。これが毎回であるならば、普通《ふつう》の精神と身体《からだ》を持つ者は、とても耐えられないだろう。

「つらくないの？　一人で、傷だらけになるまで戦って」

「…………!?」

驚きで見開かれた金色の隻眼《せきがん》には、ぎゅっと唇を噛み締めるフェルマータが映っていた。

「治療《ちりよう》するから。そこに座って」

「俺は不死だ。放っておいても死なん」

「だめ！　治す！」

「いらん。かまわん。俺には、兄上の領民たちを守る使命が――」

苛立《いらだ》つヴォルフに押しのけられ、フェルマータはバランスを崩《くず》して転んでしまった。

「きゃっ」という短い悲鳴に、ヴォルフが慌《あわ》てて振り返る。

「聖女――」

「……いい加減にしなさいよ！」

ゴゴゴゴ……という怒《いか》りの効果音が聞こえそうな剣幕で、フェルマータは顔を上げた。

悔《くや》しくて、悲しくてたまらなかった。ヴォルフが孤独を選び、自らを犠牲《ぎせい》にしていることが許せなかった。

「兄上の代わりだとか、家臣のためだとか、遠慮《えんりょ》と死ぬ準備はいらないの！　そんなこと、お義兄様《にいさま》もレドリックたちも望んでない。私だって、あんたのために来たんだから！　だから……。だから、『俺』の領地のために力を貸せって言って！　『俺』の領民たちが安心できるようにしろって言って！　『俺』の妻なら隣《となり》で戦えって言ってよ！　バカ！」

「…………っ」

言葉を失っている様子のヴォルフを見て、フェルマータは「強制執行《しっこう》！」と叫《さけ》びながら、渾身《こんしん》の足払《あしばら》いをお見舞《みま》いした。これでも一応、体術も師匠《ししょう》から仕込まれているのだ。相手が歴戦の騎士《きし》といえども、満身創痍《まんしんそうい》で油断だらけの状態であれば、技《わざ》を当てるくらいのことはできる。

「うおっ！　何をする！」

「動かないで」

不意打ちで転ばされたヴォルフの両肩に手を当て、フェルマータは癒《いや》しの神聖術を流し込む。温かなオレンジ色の光が彼を包み、次第《しだい》にその表情も柔《やわ》らかくなっていく。

(悔しいけど、私、この人のこと放っておけない。呪《のろ》われても、誰《だれ》かのためにひたむきに生きてきたこの人を、もうバケモノだなんて思えないから)

「……どういうつもりだ」

「死ななくても痛みはあるんでしょう？　心にも、身体にも。だったらせめて、身体の傷くらい癒させて。その……、一応、妻なんだし」

「そうか。妻とはそういうものか。……悪くないな」

覗《のぞ》き込んで見たヴォルフの顔に、フェルマータは思わずドキリとしてしまった。ヴォルフの戸《と》惑《まど》いと照れの混じったような表情を目にしてしまったからだ。

（兄上案件以外で、こんな顔するの……!?　ちょっとかわいい？）

フェルマータの眼差《まなざ》しに気が付いたのか、ヴォルフは右手の甲《こう》を見せつけながら、「ふむ」と頷《うなず》いた。【砂時計の刺青《いれずみ》】から蒼《あお》い炎《ほのお》が揺らめき立ち、刺青の砂がわずかに下部へ動いているのが見える。

「貴様の背も同じく燃えているぞ。これが夫婦《ふうふ》の愛というやつか」

「あ、愛じゃないわよ！　こんなの、ちょっとだけ親しくなった程度だし！」

恥《は》ずかしくても、解呪《かいじゅ》の炎を隠《かく》すことはできず。

ヴォルフは「意外と奥ゆかしいのか」と笑いながら、長剣を持って立ち上がる。

「治療、感謝する」

そして。

「これから、俺の領地を守るため、力を貸してくれるか。我が妻、フェルマータ」

「当たり前でしょ。夫婦だもの」

手を差し伸《の》べて来たヴォルフに初めて名前を呼ばれ、フェルマータは力強くそう答えたのだった。


フェルマータとヴォルフが眷属を退治した翌日――。

二人は、ノースト領の中央広場にいた。集まったたくさんの領民たちの中心で、フードを取り去り、素顔《すがお》を晒《さら》したヴォルフが口を開く。

「俺が、ノースト領主ヴォルフ・ブレンネルだ」

領民たちが息を呑《の》み、ざわめく。

フェルマータは彼らから冷たい視線を向けられるのでは……と身構えていたのだが、違《ちが》った。「眷属を倒してくれた騎士様と聖女様だ」、「教会の代わりに我らをお守りくださった」というような言葉が飛び交《か》い、その眼差しは熱を帯びていた。

(昨日の噂《うわさ》が広まってるんだ……)

嬉《うれ》しい誤算にハッとしていると、ヴォルフが静かにフェルマータの手を握《にぎ》り――。

「皆《みな》、噂は知っていると思うが、俺は不老不死の呪《のろ》いを受けている。そして、妻のフェルマータだ。これは死の呪いを受け、迫害《はくがい》された守護聖女だが――、俺たちは二人で呪いに抗《あらが》っている。呪いが解けるその日まで、寄り添《そ》い、愛し合う。【死神】に怯《おび》えて生きる皆の希望となるように」

彼の凛々《りり》しい横顔を見つめながら、フェルマータはそっと蒼炎《そうえん》のゆらめくその手を握り返した。

（ヴォルフの死がみんなの希望になる。悲しいけれど、それが私と彼の契約《けいやく》。呪われた結《けっ》婚《こん》。どうか運命の日が来るまでの間だけでも、夫の生に愛と幸せを……）

⌛

流れていく【砂時計の刺青】の砂は、いつかきっと満たされる。

ヴォルフとフェルマータの会見を少し離《はな》れた場所から見守るレドリックは、領民たちの歓声《かんせい》と拍手《はくしゅ》を聞きながら、「いい記事をありがとうございました」と、新聞記者の男に報《ほう》酬《しゅう》を渡《わた》し、微笑《ほほえ》んでいた。

すると、往診《おうしん》帰りと思《おぼ》しきジョバンニが、ぶらりとレドリックの前に現れた。

「レドちゃん、思惑《おもわく》通りにいったみたいだねぇ。狼《おおかみ》の旦那《だんな》を表に引っ張り出したかったんだろ？」

「あなたと私は同じ穴の狢《むじな》でしょう。必要な嘘《うそ》もあることは分かっていますよね」

「まぁねぇ」

ジョバンニは飄々《ひょうひょう》とした態度で笑い飛ばすと、「いい結婚会見なんじゃない？」とぱちぱちと手を叩《たた》いたのだった。


数日後。王都のゾタ教会本部――。

「ルークライトが生きている？」

大司教アデラールは、ノースト領に派遣《はけん》していた司祭ヒューゴの報告を受け、驚《おどろ》きの声を上げずにはいられなかった。

「なりすましではないか？【死神】の呪いから逃《のが》れた者など、これまで聞いたことがない。ルークライトは死の呪いを受けていたはずだ」

「いえ、しかし。大司教様に劣《おと》らぬ神聖術を扱《あつか》える者は、そうそういないかと……。詳細《しょうさい》は分かりかねますが、ブレンネル辺境伯と婚姻《こんいん》を結んでいるようなことも申しておりました」

ヒューゴは何か恐《おそ》ろしいことを思い出したらしく、ぶるりと身を震《ふる》わせながら言った。

「ふむ。事の真偽《しんぎ》を確かめるためにも、情報が必要だな。君、再びノースト領に行ってくれるか？」

アデラールはヒューゴに情報取りを任せようとしたのだが、ヒューゴは「いえ、あの……」と言葉を濁《にご》して俯《うつむ》いた。それは、単にフェルマータに怯えているというだけではないようだった。

「私めは、ノースト領の担当から外されまして……」

「それは知っている。だが、私の手足となって、現地に赴《おもむ》くことは可能だろう。……いや。奴《やつ》が動く気か」

ヒューゴが説明する前に、アデラールはそれを言い当てた。

心を見透《みす》かされたヒューゴは、いっそう身を縮こめる。

「さすがはアデラール様……！　おっしゃる通りです。あのお方が、自らノースト領への謝罪と視察に向かわれることになり――」

「ドルマンめ……」

食い気味にもう一人の大司教の名を唱えたアデラールの表情は、みるみるうちに怪訝《けげん》なものに変わった。

史上初の大司教二名体制というだけでも気に食わないのだが、アデラールはドルマンの掲《かか》げる保守的な救済思想が嫌《きら》いでならなかった。

革新派と呼ばれるアデラールは、【死神】を討伐《とうばつ》するための軍事力と、呪いを解くための研究に重きを置きたい考えなのだが、ドルマンは違う。

保守派は、これ以上【死神】の被害者《ひがいしゃ》を出さぬための防衛策——神聖壁《しんせいへき》の強化と、今を苦しむ被呪者《ひじゅしゃ》たちの支援《しえん》こそ必要であると謳《うた》っているのだ。

アデラールとドルマンは度々《たびたび》意見を戦わせ、予算や人員配置について揉《も》めているのだが、なかなか妥協点《だきょうてん》が見つからない。というか、アデラールは妥協などしたくはなかった。

（もしルークライトが本当に生きているとしたら、【死神】との因縁《いんねん》を断《た》ち切るために、こちらに引き入れたいが……）

ドルマンは、いつも何を考えているのか読めない男だ。けれど、もしかしたら、彼も同じことを思っているかもしれないと、アデラールは眉根《まゆね》を寄せた。

しかも、ドルマンはフェルマータと師弟《してい》関係にある。元々フェルマータと関係の薄《うす》いアデラールは、その時点ですでに不利だ。

「くそ……っ！　忌々《いまいま》しい！」

ドルマンの涼《すず》しい顔を思い浮《う》かべ、アデラールは神杖《しんじょう》を爪《つめ》が食い込むほど強く握りしめたのだった。

第三章　愛する者に贈るのは

「ぎょえっ」

とある朝。ジョバンニ・ガランの短い悲鳴が廊下《ろうか》まで聞こえ、ヴォルフは「何事だ」と、彼の研究室を覗《のぞ》いた。

見ると、棚《たな》にあったはずの大量の書物が雪崩《なだれ》のように床《ゆか》に流れ落ちており、その下からジョバンニのものと思われる腕《うで》が飛び出していた。察するに、彼は書物を引っ張り出そうとして、それらの下敷《したじ》きになってしまったようである。

「死んだか？」

「生きてるよー」

ヴォルフはジョバンニの声に「そうか」と淡々《たんたん》と答えると、室内を軽く見渡《みわた》して立ち去ろうとした。

「え！　もしかして帰ろうとしてる？　おっさんを放置しないでよ！」

「俺は貴様に用はない」

「ひどっ」

書物を必死に掻き分けて顔を出したジョバンニは、へらへらとした態度とは反対に、なんだかやつれた様子だった。

先日、ヴォルフとフェルマータが眷属《けんぞく》を退治したことで、彼はたくさんの研究データが手に入ったと喜んでいたのだが、どうやら研究に没頭《ぼっとう》しすぎているらしい。

「貴様、さてはしばらく寝《ね》ていないだろう」

「狼の旦那だけには言われたくないよ」

ヴォルフに引っ張り出されたジョバンニは、「寝る暇《ひま》ないよ。おっさんも時間がないからさぁ」と自嘲《じちょう》的な物言いをした。

そして、珍《めずら》しく学者らしく語り――。

「【死神】はどこから来たのか。何が目的なのか……。教会は、【死神】は無差別に人を襲《おそ》ってるって言ってるけど、アレは単に呪《のろ》いを振《ふ》りまくバケモノじゃないと思うんだ。戦って呪われた旦那なら、分かるだろ？　知性があるんだよ。例えば、侵入《しんにゅう》を拒《こば》む神聖壁の綻《ほころ》びを見つけ出したり……、とか」

ここまで述べると、ジョバンニは「あっ」と何かを思い出したかのように言葉を切った。

「フェルちゃん、神聖壁の修繕《しゅうぜん》に行くって言ってたよ」

それを聞いたヴォルフは、「それがどうした」と淡泊《たんぱく》な態度で踵《きびす》を返したのだが、その顔をちらりと見たジョバンニは、ニヤニヤせずにはいられなかった。

「顔と台詞《せりふ》が合ってないねぇ」

ノースト領の外には、【死神】と眷属の拠点《きょてん》の一つと言われるノーザ神殿《しんでん》が存在する。そこからの外敵の侵入を阻《はば》むために神聖壁が巡《めぐ》らされているのだが、その現状にフェルマータは絶句していた。

壁《かべ》に刻まれている神聖術式は旧式のもの。ゆえに防御力《ぼうぎょ》の低い壁は、おそらく【死神】や眷属によってひび割れ、穴まで開いている。

「玄関《げんかん》オープン、空き巣大歓迎《だいかんげい》の屋敷《やしき》か、ここは！」

「よく分からないけど、ヤバかったんだね。ウチの領地の壁」

思わず叫《さけ》んでしまったフェルマータを見守りながら、付き添《そ》いのブルーナが感心した様子で頷《うなず》いている。

神聖壁の定期メンテナンスは、その領地に派遣される司祭と聖女の役割だ。それが長きにわたり、全《まっと》うされて来なかった結果がこれだ。

皆《みな》、【死神】被害がないのをいいことに、見て見ぬふりをしてきたのだろう。その仮初《かりそめ》の平和が、誰《だれ》もが恐れていたヴォルフによるものだと知らずに——。

フェルマータはぼろぼろの神聖壁に触《ふ》れ、新しい術式を付与《ふよ》しながら、唇《くちびる》を噛《か》み締《し》める。

先日の「教会腐敗摘発事件《ふはいてきはつ》」以来、領民たちのヴォルフへの評価は大きく変わった。悪く言うと現金なのだが、もうヴォルフのことを「バケモノ」と呼ぶ者はいなくなり、呪いに抗《あらが》う「希望」だと例える者たちが現れた。それは妻であるフェルマータに対しても同じであり――。

「聖女様、頑張《がんば》ってください！」

「フェルマータ様、応援《おうえん》しています！」

と、道を歩くたびにそんな声を掛《か》けられるようになったのだ。

少し前のことを思えば、複雑な気持ちになる。けれど、応援されることに悪い気はしない。ゆえに、フェルマータは気持ちよく領民たちの声援に応《こた》えていた。

そして、神聖壁の修繕を進めていた今も――。

「お疲《つか》れ様です。さすがは元守護聖女。手際《てぎわ》がいいですね」

「あったり前でしょ。このフェルマータ様の手に掛かれば、神聖壁のアップデートくらい……。って、ええ⁉」

フェルマータに声を掛けて来たのは領民ではなく、幼い頃《ころ》から見知った顔だった。閉じられた瞼《まぶた》、黒茶色の長く美しい髪《かみ》、中性的な相貌《そうぼう》――。このような人物は、国中を探してもなかなか見つからないだろう。

「ドルマン先生！　どうして、ここに⁉」

「貴女《あなた》が生きていると報告を受けまして。ぜひ会いに来なければと思ったのですよ」

本当のところ、ドルマンは視覚以外の五感がかなり優《すぐ》れているようで、見えなくとも周りで何が起こっているかは把握《はあく》できるらしい。

教会でも、ドルマンの目が見えていないことを気にする者はいない。

「ジゼリア様が女王に即位《そくい》されたのは知っていますね？　あの方は先王と違《ちが》い、被呪者《ひじゅしゃ》への偏見《へんけん》を嫌《きら》い、我々ゾタ教会による被呪者救済支援や、解呪の研究への理解も厚い。もちろん、貴女のことも気にかけておられました」

ドルマンは、「わたしは女王陛下の相談役になったので」と自分の現状を付け加えると、再会を驚《おどろ》くフェルマータを強く抱《だ》きしめ、微笑《ほほえ》んだ。

「また会えて嬉《うれ》しいですよ、フェルマータ」

「私も……！　私もです！　私の除名が決まった時、先生だけはそれを惜《お》しんでくれたって聞いていて……。ずっと、お礼を言いたかったんです」

「……そうですね。貴女はわたしの大切な教え子ですから」

フェルマータを抱きしめるドルマンの手が背に触れ、ぴくりと動く。そして、ゆっくりと離《はな》れていく。

「まだ、【砂時計の刺青《いれずみ》】が……。呪いが消えて、生き残ったわけではなかったのですね」

「服の上からでも分かってしまうなんて、さすがドルマン先生。【死神】学者が泣いちゃいますよ」

「泣いているのはフェルマータの方でしょう？　よければ、この三年間、貴女に何があったのかを聞かせてもらえませんか」

フェルマータは恩師に涙《なみだ》を見抜《みぬ》かれ、ぐすんと洟《はな》をすすった。

幼い頃、天涯孤独《てんがいこどく》の身で教会に入ったフェルマータにとって、ドルマンは優《やさ》しく厳しい兄のような存在だった。当時司祭だったドルマンは、神聖術をみっちり叩《たた》き込んでくれただけでなく、料理やお菓子《かし》作り、貴族に引けを取らない礼儀《れいぎ》作法や芸術の知識、体術なんかも教えてくれたのだ。今のフェルマータがあるのは、ドルマンのおかげと言っても過言ではないだろう。

（だから、私はドルマン先生のことが大好き……）

フェルマータが恩師への敬愛の念を募《つの》らせていると――。

「フェルマータ様。後ろ、後ろ……！」

不意に、しばらく空気化に徹《てっ》していたらしいブルーナが声を上げた。

フェルマータが「え？」と振り返ると。

「その男は何者だ。紹介《しょうかい》してもらおうか」

そこには眉間《みけん》にしわを寄せ、金の隻眼《せきがん》でこちらを睨《にら》みつけるヴォルフの姿があった。

(なんか、めっちゃ不機嫌《ふきげん》っぽい……！)

ドルマンに続き、ヴォルフの突然《とつぜん》の登場から間もなく――。フェルマータたちは神聖壁《しんせいへき》の前で、なぜかお茶会を開催《かいさい》していた。大きな敷物を地面に敷き、紅茶と茶菓子を囲むというピクニックのような青空ティーパーティーだ。

「えー、先生も名前はご存じかなと思うんですが、彼がノースト領の辺境伯《はく》。【不死の狼《おおかみ》騎士《きし》】こと、ヴォルフです。で、こちら、ゾタ教会のドルマン大司教。私がお世話になった人生の大先生よ」

「なるほど。貴方《あなた》がそうでしたか」

「あぁ。『夫』のヴォルフ・ブレンネルだ」

ドルマンとヴォルフの真ん中に座り、二人を紹介するフェルマータだったが、なんとなく感じる息苦しさに、胸の中で悲鳴を上げていた。

(ブルーナ！　一人だけ離脱《りだつ》するなんて、ずるいわよ！)

ブルーナは、「追加のお菓子を買って来まーす」と、そそくさと町へ行ってしまったのだ。

たしかに、フェルマータとブルーナの休憩用《きゅうけい》として、茶菓子は二人分しか持って来なかったので、後々足りなくなるかもしれない。だがこのおかしな空気の中で、バカスカと茶菓子を食べる者など、おそらくいない。実際、まだ誰も茶菓子に手を付けてはおらず、謎《なぞ》の緊張感《きんちょうかん》が三人の間に漂《ただよ》っていた。

「まさか、フェルマータが死の呪《のろ》いに抗って生きているとは。解呪に至ったわけではないようですが、これはナギア王国に【死神】が出現して以来、最大の奇跡《きせき》と言えます。いったい貴女に何が起こったのです？」

「えっと、実は――」

「それはお伝えしかねる。我がノースト領は独自に【死神】の研究を進めている故《ゆえ》、確実な成果が出るまで、口外するつもりはない」

フェルマータとドルマンの会話にすっと割り込むヴォルフ。その物言いがあまりにも攻《こう》撃《げき》的だったので、フェルマータはひやひやせずにはいられなかったのだが、対するドルマンは落ち着いた態度のままだった。

「それは残念です。王都は優秀《ゆうしゅう》な【死神】学者を失ってしまったので、ぜひ人類のために奇跡の絡繰《からく》りをご教授いただければと思ったのですが」

「失った？　追い出した、の間違いではないか」

空気がぴりついて痛い。おそらく帰って来ないであろうブルーナが妬《ねた》ましい。

（契約結婚《けいやくけっこん》のこととか、ジョバンニを拉致《らち》したこととか、色々秘密なのは分かるんだけど……。ヴォルフの態度はなんなのよ！）

「ど、どうぞ。召《め》し上がってください。このお菓子、私が作ったんです……」

どうか楽しいお茶会になってくれという願いを込めて、フェルマータはクッキーや焼き菓子を二人に勧《すす》めた。すると、ドルマンが懐《なつ》かしそうに微笑んで――。

「貴女のお菓子は久々ですね。下積み時代は、修行《しゅぎょう》の合間によくお茶会をしましたが」

「そうでしたね。私、お菓子作りが大好きで、少ないお給料を全部材料費に充《あ》てちゃったりして」

「ふふふ。どれも美味《おい》しかったことを覚えていますよ」

「そんな……。たいしたお菓子は作れませんでしたし……」

「いいえ。貴女はとても気の付く子でしたから、相手の体調に合わせたお菓子やお茶を用意していたでしょう？　わたしは、その優しさと観察眼を高く買っていましたよ」

これも、生きて再会できたからこそ。ドルマンの口から昔話と誉《ほ》め言葉が出て来たことが嬉しく、フェルマータの頬《ほお》は思わず緩《ゆる》んでしまう。

（ドルマン先生とまたお茶ができて、すごく楽し……って、えぇっ？）

恩師との会話の穏《おだ》やかな雰囲気《ふんいき》から一変。ヴォルフからずもももも……と、どす黒いオーラが放たれていた。登場時よりも、眉間の皺《しわ》がすごい。

そして、ヴォルフは胸を張って言い放った。

「俺は毎日、フェルマータの作った朝食を食べている。俺の胃袋《いぶくろ》を掴《つか》み、めろめろにするための愛妻食だそうだ」

「ちょ……っ。先生の前で恥《は》ずかしいこと言うな！　バカ！」

「事実だろう。照れる必要はない」

「あんたのそういうズレてるとこ、すっごく嫌《いや》！」

恥ずかしげもなく、何を抜《ぬ》かしてくれるのだと、フェルマータは顔を真っ赤にしながらヴォルフをポカスカと殴《なぐ》る。ドルマンがいなければ、神聖力を宿した拳《こぶし》でドガスカやっていたと思う。

一方のドルマンは、二人の遣《や》り取りをくすくすと笑いながら見守っていた。

「やれやれ。見せつけられてしまいましたね」

「大司教は目が見えないと聞いているが」

「ええ。でも二人の甘さは伝わってきましたよ」

「俺の妻を誘惑《ゆうわく》しようとしていながら、余裕だな」

「は？　ヴォルフ、あんたいい加減に――」

フェルマータが、依然《いぜん》として態度の悪いヴォルフに食って掛《か》かろうとした時だった。

ズキンとした冷たい痛みが背中の【砂時計の刺青】に走り、フェルマータは思わず「うぅ」と呻《うめ》き声を上げた。いつぞやにも感じた【死神】の気配。否《いな》、これは――。

「眷属《けんぞく》……！」

フェルマータとヴォルフの声が重なると同時に、血のような紅色《あかいろ》に蠢《うごめ》く眷属たちが神聖壁の綻《ほころ》び部分を突《つ》き破り、勢いよく侵入《しんにゅう》して来たのだ。子犬くらいの大きさのムカデ型の眷属で、以前見た狼《おおかみ》型よりもだいぶ小さい。しかし、その数の多さにフェルマータはゾッと震《ふる》え上がってしまう。

「ひぇっ！　きもっ……！」

「喧嘩《けんか》をしている場合ではないですね。わたしが神聖壁の術式を修繕《しゅうぜん》し、これ以上の眷属の侵入を止めましょう。貴方たちは、ここにいる眷属の対処を」

「指示されるのは不本意だが、それが最善か」

フェルマータが一瞬怯《いっしゅんひる》んでいた間に、ドルマンとヴォルフはそれぞれの得物を構え、応戦の態勢を取っていた。二人のその遣り取りに、フェルマータは戸惑《とまど》わずにはいられない。

「えっ。先生が神聖壁を？」

「大丈夫《だいじょうぶ》。わたしなら、五分あれば十分です」

ナギア王国一の神聖術の使い手であるドルマンならば、きっと十分可能だろう。フェルマータも優《すぐ》れているとはいえ、普通《ふつう》にやれば三日はかかる。この状況《じょうきょう》では、どう考えてもドルマンに任せることが一番いい。

（でも――）

フェルマータは、ヴォルフを見て唇《くちびる》をぎゅっと引き結ぶ。

(これまでヴォルフを見てきて、私はこの人の力になりたいと思った。不器用なこの夫のために、妻の私ができることをしたいと思ったんだ)

「待ってください！」

唐突《とうとつ》に叫《さけ》んだフェルマータに驚《おどろ》き、ヴォルフとドルマンは振《ふ》り返った。

自分勝手で傲慢《ごうまん》だと思われてもかまわない。それでも通したい想《おも》いがフェルマータの胸にはあった。

「神聖壁《しんせいへき》の修繕は、私にやらせてください！　ノースト領の領主夫人として、この大役を先生にお譲《ゆず》りするわけにはいきません！」

「ですが、フェルマータ……」

「信じて任せていただけませんか？　さすがに五分とはいきませんけど、全力全開の一時間コースでいきますから！」

凛々《りり》しい目をしたフェルマータには、有無《うむ》を言わせぬ気迫《きはく》があった。

その目を嬉《うれ》しそうに見つめるヴォルフは、「妻の大舞台《だいぶたい》。夫の俺が守ってやる」と、長剣《ちょうけん》を構え直す。

「変わりましたね、フェルマータ。呪いに抗《あらが》う貴女《あなた》の力、わたしに見せてください」

ドルマンの聖杖《せいじょう》が神聖壁から眷属へと向きを変え、同時にフェルマータの己《おのれ》との戦いが始まった――。

神聖壁の綻びから絶えず侵入を続ける眷属を、ヴォルフが長剣で斬《き》り伏《ふ》せ、ドルマンが神聖術で消し飛ばす。眷属たちの紅のしぶきを浴びながら、フェルマータは神聖壁の前に立ち、壁《かべ》に新たな神聖術式を付与《ふよ》していく。

「くぅぅ……！　あと、少し……」

両手を広げ、壁に神聖力を伝えていく。フェルマータを中心に広がっていく新しい防御《ぼうぎょ》の神聖術は、強く、眩《まばゆ》い光を放つ。集中力はマックス。籠《こ》める神聖力もフェルマータ史上最大だ。

(早く書き換《か》われ。早く……！)

しかし、体への負荷《ふかさ》は避けられない。息が苦しく、眩暈《めまい》がする。鼻からツゥと鼻血が垂れ、がくんと膝《ひざ》を折るフェルマータは、意識が飛んでしまう寸前だった。

「フェルマータ！　これ以上は貴様の命が危ない！　神聖壁は大司教に任せて下がれ！」

「るっさい……！　ちょっとは応援《おうえん》しなさいよ！」

フェルマータは鼻血を袖《そで》で拭《ぬぐ》い、ヴォルフに向かってギャンと吠《ほ》えた。

(あぁ……。こんな時になに怒《おこ》ってんだ、私。くそっ。頭が回らない……)

大見得を切って取り掛かったというのに、このような醜態《しゅうたい》を晒《さら》すなんて……と、フェルマータは歯を食いしばって立ち上がろうとしたのだが、足に力が上手《うま》く入らず、よろけてしまった。だが、そんな彼女を支えたのはヴォルフだった。

二人の【砂時計の刺青《いれずみ》】に蒼《あお》い炎《ほのお》が立ち昇《のぼ》る中、ヴォルフは静かに口を開く。

「神聖壁の修繕が叶《かな》えば、【死神】の侵入を恐《おそ》れず、眠《ねむ》れる夜も来るだろうか」

その言葉にフェルマータはハッとした。

ヴォルフが二百年間眠らなかったのは、死を望むためだけではない。自分や兄が受けた呪《のろ》いの恐怖《きょうふ》や苦しみを、領民たちに与《あた》えてなるものかと思っていたからだ。

（そっか……。馬鹿《ばか》みたいに優《やさ》しいんだ。この人は）

フェルマータは大きく深呼吸をすると、ぐっと両足に力を入れ直し、胸を張った。

「この私がメンテするんだもの。朝までぐっすり超安眠《ちょうあんみん》に決まってるじゃない」

フェルマータは再び両手を大きく広げ、神聖壁に向き直る。

皮肉なことに、守護聖女だった頃《ころ》よりも、何もかもを失った今の方が、フェルマータには守りたいものが明確に見えていた。そして、共に生きたい人のことも――。

「とっとと書き換われ、神聖術式ぃぃぃぃぃっ！」

フェルマータの叫びと共に、神聖壁に術式が光の文字となって浮《う》かび、流れるように次々と上書きされていく。まるで、光が壁を駆《か》けていくかのようだった。

そして神聖術の過剰《かじょう》使用により、フェルマータの両手がジュウッと熱と痛みを帯びるが

——。

(痛い……！　けど、こんなのヴォルフが負ってきた傷と比べたら……)

私を信じてくれた不器用な夫を支えたい。悔《くや》しいけど、好きになってしまったから。

その想いが、フェルマータの神聖力を何倍にも強くした。

「はぁぁぁぁぁぁっ！」

周囲が眩い光で満ち、視界が明るすぎて見えなくなり——。

夕暮れが迫《せま》る空を見上げて、ヴォルフはふぅと息を吐《は》き出した。

今さら疲《つか》れなど感じない。そんな感覚はとうの昔に忘れてしまった。

だから、これは安堵《あんど》のため息に違《ちが》いないと、ヴォルフは腕《うで》の中ですぅすぅと眠るフェルマータを見つめながら思った。

(無事でよかった)

フェルマータが神聖壁を直し切り、気を失ってから半刻程度。

大司教ドルマンは、神聖壁が本当に修繕されたかどうかの確認《かくにん》をすると言い、その場を離《はな》れていた。残ったヴォルフは眠り続けるフェルマータを抱《だ》きかかえ、壁にもたれるようにして座り込んでいるのだが、先ほどから【砂時計の刺青】から揺《ゆ》らめく蒼い炎が消える気配がまったくない。

「いつか本当に、俺の呪いを解き、殺してくれるのか」

ヴォルフは、砂時計からサラサラと流れ落ちていく紅の砂に視線を落とす。

フェルマータが「やる」と言ったら必ずやり遂《と》げる性分《しょうぶん》であることは、短い付き合いの中でもよくよく思い知らされてきた。

彼女は、ヴォルフが二百年の間に失っていた人間らしさ――食事を共に食べる喜びや、体や心を癒《いや》される温かさ、想いを自分の言葉にして語る熱を与えてくれた。

やり方はいつも強引《ごういん》で、感情的だ。だが、そんな彼女だからだろう。孤独《こどく》だったヴォルフの心は、フェルマータという女性の存在を「手放したくない」と揺れていた。

（いかんな……。死にたい俺が、生きたいフェルマータに抱《いだ》いてはならん感情だ）

二人の呪いが解ける時――。それは、不老不死だったヴォルフが死に、死ぬ運命にあったフェルマータが元の寿命《じゅみょう》を取り戻《もど》し、生きる時だ。

（フェルマータには生きてほしい。その気高く美しい生き様を、俺が最期《さいご》まで見届けることは叶わんが）

ヴォルフは、フェルマータの蜂蜜《はちみつ》色の長い髪《かみ》を自身の指ですくい上げ、そして優しい口づけを落とした。

せてくれ——）

（契約結婚《けいやくけっこん》であることなど、理解している。だがどうか、もう少しの間だけ、お前を愛させてくれ——）

二百年以上生きて初めて感じる、この胸の痛みが止まるまで。

「あれ……」

フェルマータが目を覚ますと、そこは馬鹿みたいに大きなキングサイズの天蓋《てんがい》ベッドの中だった。そして、ベッドの前に椅子《いす》を置き、そこからこちらを心配そうに見つめていたのはヴォルフだった。いつも通りと言えばそうかもしれないが、なんだか今は一段と目の下の隈《くま》が深い気がする。

「気分はどうだ」

「うん、何ともない……けど、私、なんで……？　あっ！　神聖壁は？」

「どこの神聖壁よりも、強固なものになった。貴様のおかげでな」

ヴォルフの言葉に、フェルマータはほっと胸を撫《な》で下ろした。神聖壁修繕《しゅうぜん》の記憶《きおく》が途中《とちゅう》からぷっつりと途絶えているので、何も覚えていなかったのだ。

「良かったぁ……。上手くいったんだ……。あんたと先生がいなかったら、絶対無理だったわ。……あ、そうだ。先生にお礼をしなくちゃ。どちらにいらっしゃる？」

「ついさっき、帰った。次にノースト領に派遣《はけん》する聖職者は未熟者故《ゆえ》、しばらくはブレンネル家の……、特に貴様の協力を仰《あお》ぎたいと言っていたぞ」

「えぇっ。そんな話が？　もうっ。ちょっとくらい、引き留めておいてよね」

フェルマータは「せめて見送りくらいしたかったのに」と、ヴォルフに向かってムッと顔をしかめたのだが――。

「三日だ。貴様が眠っている三日間、大司教は屋敷《やしき》に留《とど》まっていたぞ。おかげで、ジョバンニを囲っていることもバレてしまった」

逆にムッとした表情で言葉を返され、フェルマータは「三日も⁉」と、驚《おどろ》きを隠《かく》せなかった。

「私、そんなに寝《ね》てたんだ……」

「消耗《しょうもう》が激しかったのだろう。大司教も神聖壁を見て驚いていたぞ」

ヴォルフは「感謝する」と短く言うと、足元に落ちている毛布を拾い上げ、部屋を去ろうとした。そう。毛布だ。

「え……。それ……」

「俺は要《い》らぬと言ったのだ。だが、風邪《かぜ》でもひいて、貴様に移してはならんとレドがうるさくてな」

「もしかして、ずっと看病してくれてたの？」

「特段、何もしていない。気になった故、傍《そば》で見ていただけだ」

ヴォルフは気まずそうに視線を逸《そ》らし、頭をがしがしと掻《か》いている。ひょっとすると、以前添《そ》い寝をした時にフェルマータが激怒《げきど》したことを思い出しているのかもしれない。

「ば……、ばっかじゃない！　三日も私に張り付いて。どうせ寝てないんでしょ！　せっかく神聖壁を直したっていうのに、ほんとバカ！」

「俺は不死だ。眠《ねむ》らなくとも——」

いつも通りの強い言葉を吐き出すフェルマータに、ヴォルフはさらにいつも通りの淡泊《たんぱく》な返事を口にしかけたのだが。

「つべこべ言わずに寝なさい！　ほら、隣《となり》！」

赤くなっているであろう顔を見られたくなくて、フェルマータは俯《うつむ》きがちにヴォルフの服をクイと摑《つか》んで引っ張った。今のフェルマータの胸はなぜか熱く、そしてぎゅんと痛くなっていた。恥《は》ずかしくて死にそうだが、今さら手を引っ込めることもできない。

「べ、別に、あんたが嫌《いや》で仕方ないって言うならいいのよ。まだお昼だし……。そう、お昼だし？」

沈黙《ちんもく》に耐《た》えきれず、ヴォルフの服を摑んだまま、早口でまくし立てるフェルマータ。

その手にヴォルフは自らの右手を重ね、「……嫌なわけがない。甘えていいか？」と、口を開いた。

「あまっ、あま……っ」

「フェルの言葉に甘えていいか？」

一瞬《いっしゅん》、具体的な意味に勘違《かんちが》いをしかけたフェルマータの耳に飛び込んできたのは、それでも十分に衝撃《しょうげき》的な愛称《あいしょう》だった。

「今、フェルって？」

「あぁ。すでにフェルマータと呼ぶ者がいたようだからな。俺だけの呼称を使うことにした」

照れくさそうに再び「フェル」と口にしたヴォルフは、「二百年ぶりによく眠れそうだ」と小さく笑いながらベッドにひらりと乗り上げ――、あっという間に眠りについた。

その時間、わずか三十秒。早すぎる。

（うぅ～～～っ！　私のバカ！　なに期待してんだ！）

ヴォルフの安らかな寝顔を見て、フェルマータはばふばふと羽毛《うもう》の枕《まくら》を殴《なぐ》りつける。

本当に恥ずかしくて寿命が縮んだのではないかと、背中の【砂時計の刺青《いれずみ》】を確認しに鏡へと走るが、命の砂は確かに増えていて――。

「愛されてる……のかな」

とりあえず、ジョバンニに「フェルちゃん」呼びをやめさせようと決意したフェルマータだった。

（俺は、何か重大なことを忘れてしまったんだ。【死神】の核心《かくしん》に迫《せま》る何かを。再び辿《たど》り着けるか？　すべての記憶が失われる前に――）

舌に刻まれた刺青を見て、それからありったけの情報を書き留めたメモ束に目を通す。

この日課を覚えているうちはまだ大丈夫《だいじょうぶ》だと、不安を拭《ぬぐ》い切れない自分に言い聞かせて。

そして、パラパラとメモをめくり、とある一枚で手が止まった。

「この『嘘《うそ》』は忘れちゃダメだ……。俺の仮説を証明するために、バレるわけにはいかない……」

「…………っ！」

ブレンネル屋敷の厨房《ちゅうぼう》で、鍋《なべ》の野菜スープが温まるのを見守っていたフェルマータは、ふっと一瞬、意識が飛びかけたことに気が付き、慌《あわ》てて居住まいを正した。

けれど、その場に居合わせたブルーナとレドリックには、ばっちり現場を目撃《もくげき》されており、もれなく声を掛《か》けられた。

「今、カクッてなってた？」

「フェルマータ様。ご体調が優《すぐ》れないのでしたら、今日は私が朝食の支度《したく》を致《いた》しましょうか？」

「平気。ただの寝不足よ。昨日、ヴォルフと同じベッドで寝て……」

フェルマータがうんざりとした口ぶりで言いかけると。

「そんなに盛り上がったんですね」

ブルーナの断定的で冷やかすような物言いに、フェルマータの顔は秒で真っ赤になってしまう。けれど、もちろん、昨夜ヴォルフと何かで盛り上がったという事実はない。

「ち、違うわよ！　ただの添い寝よ！」

慌てて否定するも、「奥ゆかしい系？」とブルーナには誤解されたまま。レドリックも「我らなどに話すことではないですものね」と、フェルマータの言葉を照れ隠しと受け取ったらしい。

まったくもって、酷《ひど》い勘違いだ。ヴォルフは朝まで爆睡《ばくすい》していたというのに。

（神聖壁が直れば、【死神】を気にせず超安眠《ちようあんみん》……とは言ったけど――）

フェルマータは、一夜、真隣で眠っていたヴォルフの顔を思い出す。

艶《つや》のある黒髪《くろかみ》。凛々《りり》しい眉《まゆ》に薄《うす》い唇《くちびる》。そっと黒革《くろかわ》の眼帯を外してやると、右瞼《みぎまぶた》には大きく斬《き》られた古い傷痕《きずあと》が残っていた。

おそらく、【死神】に付けられた傷だろう。不老不死の呪《のろ》いを持つヴォルフに刻まれたままの傷なのだから。

フェルマータはベッドの上で彼を見つめながら、そんなことを思い――。

「ハッ!!」

言葉通り、フェルマータがハッとしたのは、無意識のうちにヴォルフの右目の傷に口づけを落とした瞬間だった。耳には「ちゅっ」という可愛《かわい》らしい音が聞こえ、唇には人肌《ひとはだ》に触《ふ》れた感覚がありありと残っている。

(何やってんだ、私⁉)

ヴォルフを起こさぬようにサイレントな悲鳴を上げて、ベッドの上を転げまくった、そんな眠れぬ夜だった。

思い出すだけで、フェルマータの鼓動《こどう》はドドドドと速くなってしまう。

(ほんと、何やってんだ。私……)

気持ちの整理がつかないフェルマータが、悶々《もんもん》と朝食の準備を再開していると。

「フェルのおかげで、二百年ぶりによく眠れたぞ。明日《あした》も頼《たの》む」

引き続き、昨夜の出来事を脳内で回想していたフェルマータは、朝の墓参りを終え、厨房に現れた夫の声に心臓が飛び出しそうになってしまった。

「寿命《じゅみょう》が縮まる……！」

「……？」

睡眠《すいみん》不足のせいか、それともこの名付け難《がた》い感情のせいか。

ヴォルフは、そんなフェルマータのことを心配してくれたらしい。背中にある刺青の砂の残量を確認《かくにん》しようと、ブラウスをめくろうとして来たため、フェルマータの聖拳《せいけん》が炸裂《さくれつ》したという――、そんな朝だった。


北の辺境ノースト領は、寒冷な土地だ。肌を刺《さ》すようなひんやりとした空気は、寒さに不慣れなフェルマータをぶるりと震《ふる》え上がらせる。

「う～。さっむ……。手袋《てぶくろ》もして来たらよかった」

「今日は暖かい方だが」

両手のひらに「はぁ」と温かい息をかけるフェルマータは、不思議そうに小首を傾《かし》げるヴォルフに「サウスト領育ちにはこたえるのよ」と、ツンとした態度で言い放った。気温は十度を下回っているはずで、これが暖かいだなんて到底《とうてい》信じることができない。天気は良いが、風が冷たすぎる。

「フェルはサウストの生まれだったのか。王都かと思っていたぞ」

「王都は、守護聖女になって初めて行ったの。私、サウストの貧しい村で生まれたから、王都が華《はな》やかすぎてびっくりしたのよね」

フェルマータは、「フェル」という愛称で呼ばれた照れを隠《かく》そうと、素知らぬ顔で両手をすりすりとこすり合わせながら、白い息を吐《は》く。

ヴォルフとは同じ屋敷《やしき》に住んでいるので、もう何度もそう呼ばれてはいるのだが、いっこうに慣れる気配がない。呼ばれる度《たび》にむず痒《がゆ》い気持ちになっていて、何事もないかのように振《ふ》る舞《ま》うのも一苦労だ。

（人の気も知らないで。私も何か仕返ししてやりたいけど……）

フェルマータは心の中でムッとしつつ、隣《となり》を歩くヴォルフの横顔を見ようとした。すると、彼の金の隻眼《せきがん》とばっちり目が合ってしまい、うっかり見つめ返されてしまった。

「俺は、フェルのことをもっと知りたい。先日、大司教と昔話をしているお前を見て……、何と言えばいいのだろうな。俺が知らぬフェルを大司教が語っているのが、許せなかった。……すまん。お前の恩師を悪く言いたいわけではないのだが」

「そ、それは……」

（ヤキモチっていうのよ!!）

フェルマータは胸の中でシャウトした。

仕返しどころか、特大の爆発魔法《ばくはつまほう》を食《く》らってしまった気分だ。

（え？　これ、無意識？　それともわざと？　ヴォルフって、けっこう私のことが好きなの？　いっつもズレたことばっかりするから、分からなかっただけ？　いや、でも、確かに最近、【砂時計の刺青】が良い感じに動いてるし。えっ。うそ、ほんと？）

ぐるぐると考えていると、全身から湯気が出そうになる。もう、指先までぽっかぽかだ。

「熱い……。マフラー取る……」

「ノースト領の寒さに順応したのか。さすが我が妻だな、フェル」

ヴォルフにマフラーを預けながら、フェルマータは「誰《だれ》のせいだと……！」と、またもやムッとする羽目になってしまった。

そして、ヴォルフがふっと話題を変えた。

「どのような聖職者が来るのだろうな。俺は、つい最近まで教会には役立たずしかいないのかと思っていたが」

ヴォルフの辛辣《しんらつ》な物言いに、フェルマータは思わず苦笑いを浮《う》かべる。

二人は、今朝新しくノースト領に派遣《はけん》されて来たばかりの聖職者に会いに行くところだった。

なんといっても、フェルマータはドルマンから、「未熟な聖職者であるため、ぜひ先輩《せんぱい》として指導をしてやってほしい」と頼まれているのだ。もう教会の人間ではないものの、尊敬している恩師の頼みとあらば、張り切ってその役を務めたいのが弟子《でし》というものだろう。どんな聖職者がやって来てもいいように、フェルマータはあらゆるパターンを想像し、イメージトレーニングを繰《く》り返していた。

遥《はる》か年上の新人などでなければ、上手《うま》くやれる気がする。多分。

「次はきっと大丈夫《だいじょうぶ》よ。今までの聖職者は酷かったかもしれないけど、ちゃんと正義感溢《あふ》れる人だっているわ。ドルマン先生は特にお優《やさ》しいし、アデラール様だって打倒《だとう》【死神】に燃えてる立派な大司教よ。お二人は、若い聖職者をたくさん育てていらっしゃるんだから」

「お前を除名処分している時点で、どちらも底が知れる」

「それはきっと、先王様とケビンからの圧力よ。仕方ないわ。……でも、ありがと。そう言ってくれて」

フェルマータは、自分の口からそんな素直《すなお》な言葉が出て来たことに驚《おどろ》いた。

呪いを受けてからの三年間、フェルマータは自分を捨てたケビンや、国民、そして追放に異を唱えずに除名を良しとした教会のことを憎《にく》んでいた。それこそ、呪いの言葉だって吐いていたし、一生許さないと思っていた。

けれど、今は——。

(誰かを恨《うら》んだり、憎んだりすることより、私は……)

フェルマータが、隣を歩くヴォルフにそっと手を伸《の》ばそうとした時——。

「領主様！　いいカボチャが採れましたよ！」

突然《とつぜん》、町の青果店の主人から笑顔《えがお》で声を掛《か》けられ、フェルマータはびくっと手を引っ込めた。

「カボチャ？」

「フェルマータ様も、ごきげんよう！　他《ほか》のお野菜も美味《おい》しいですよ！　いかがです？」

「後でレドに買いに行かせる故《ゆえ》、貴様が良いと思う品を取り置いておけ」

ヴォルフは青果店の主人にそう答えると、再び歩き出したのだが。

「焼きたてのパン、よかったら持って行ってください」

「お屋敷にこのお花をぜひ！」

「奥方様、差し上げます！　御身《おんみ》に着けて、うちを宣伝してくださいな」

ベーカリーに生花店、装飾《そうしょく》店……。次々と町の人々が二人を引き留め、土産《みやげ》を渡《わた》してくるではないか。予想外の量にフェルマータとヴォルフの手は、あっという間にいっぱいになってしまった。

「む……。これが領主というものなのか？　レドは大変だったのだな」

「思い上がりじゃなかったら、だけど……。みんな、私たちのことを歓迎《かんげい》してくれてるんじゃないかしら」

教会の怠慢《たいまん》を暴《あば》き、眷属《けんぞく》を退け、神聖壁《しんせいへき》を修繕《しゅうぜん》した自分たちのことを、領民たちはちゃんと見てくれていた。そして、受け入れてくれたのではないか――。フェルマータはそう感じていた。

「そうなのだろうか。……だと有難いな」

ヴォルフの口の端《はし》が照れくさそうに小さく持ち上がったのを見て、フェルマータは思わず嬉《うれ》しくなってしまう。二百年以上の彼の功績を考えると、まだまだこれでは足りないくらいかもしれないが、少しずつでいい。少しずつ、領民たちが彼を受け入れ、そして彼もまた、素直に自分を誇《ほこ》ってくれれば――。

と、そこに、数人の少年少女たちが駆《か》け寄って来た。お世辞にも裕福《ゆうふく》とは言えない身なりをしているが、その表情はとても明るい。

「ヴォルフさまとフェルマータさまって、呪《のろ》われてるんでしょー？　どうやって呪いをとこうとしてるの？」

一人の少年が無邪気《むじゃき》な口調で尋《たず》ねてきたのだが、フェルマータは何と答えてやるべきか、「うーん」と口ごもってしまった。

(相性《あいしょう》の合った相手との『愛』だなんて、抽象《ちゅうしょう》的な答えで分かってくれないわよね。っていうか、言うの恥《は》ずかしいし……！)

「えっと、そうね……」

「愛だ」

悩《なや》んでいたフェルマータをよそに、ヴォルフは真顔で直球の返答をしたではないか。フェルマータは、ぎょっと驚かずにはいられない。

「ちょ、あんた！」

「間違《まちが》ったことは言っていない。愛だ」

きっぱりと言い切るヴォルフに、少年少女も目がテンだ。

「あい？」

「あたしたちが子どもだからって、適当に言ってるでしょー？」

「じゃあ、ここでキスしてよ！　それで呪いがとけたら信じるから！」

純真無垢《むく》な子どもたちから飛び出す、容赦《ようしゃ》のない要求である。

「き、キス⁉　何言って――」

「いいだろう。俺の【砂時計の刺青《いれずみ》】をよく見ておけ」

とんでもない！　と慌《あわ》てるフェルマータのことなど気にもせず、ヴォルフは子どもに対して誠意百パーセントだ。

（この正直者ぉぉぉっ！）

「し、しないから！　キスなんてしな――、ちょ、えっ、えっ？」

「夫婦《ふうふ》だ。問題ない」

ヴォルフの指がフェルマータの顎《あご》に当てられたかと思うと、クイと顔を上げられてしまう。これは、巷《ちまた》で噂《うわさ》の顎クイか……⁉　などと、考えている余裕《よゆう》はない。

(問題大アリよ！　この恋愛音痴《れんあいおんち》ぃぃぃぃっ！)

鼓動《こどう》はいつもの十倍速。子どもたちの目の前でキスをされてしまうのかと、フェルマータがドキドキして動けずにいると——。

「みんな、ご飯の時間だから院に戻《もど》ってね」

「こらこら、がきんちょたち！　大人をからかっちゃダメでしょ～？」

現れたのは、二人の少女。一人は修道女と思《おぼ》しき三つ編みの少女で、もう一人は忘れることなどできない桃色《ももいろ》ツインテールの聖女だった。

子どもたちは修道女と聖女に声を掛けられると、素直に「はーい」と、通りの向かいにある被呪院《ひじゅいん》に入って行く。つまり、この二人は被呪院の管理者——新しく派遣されてきたゾタ教会の聖職者ということだ。

「フェルマータせんぱ～い！　お久しぶりで～す！」

桃色ツインテール聖女のぶりっ子全開な猫《ねこ》なで声に、フェルマータは背筋がゾッとしてしまった。間違いない。彼女はノースト領でヒューゴと共に怠慢をはたらいていた聖女、リリアンだ。

「破廉恥《はれんち》聖女がどうしてここにいるのよ!?」

「言い方ひどいですぅ。ほら、教会って超《ちょう》人材不足だから、新しく派遣できる聖女がいなくって〜。あたし、ドルマン様にビシバシ再教育されて、戻って来たんですよ〜。もう、悪いことしません。多分♡」

「不安しかない！」

「しかないいな」

フェルマータが悲鳴を上げ、ヴォルフも頷《うなず》く。けれど当の本人はケロッとしており、

「リリーちゃん、北のド辺境でリスタートする！　的な？」と満開の笑顔で手を振《ふ》っていた。なんだ、この図太さは……と、寧《むし》ろこちらが感服しそうになってしまうほど、顔の皮が厚いらしい。

「もし、そこの小娘《こむすめ》が同類であれば、俺は大司教に直談判《じかだんぱん》しに行くぞ」

ヴォルフがリリアンから目を逸《そ》らし、少し後ろで控《ひか》えめに立っていた修道女に鋭《するど》い視線を飛ばす。すると、修道女は狼《おおかみ》に睨《にら》まれた子うさぎのように、びくっと緊張《きんちょう》気味にお辞儀《じぎ》をした。

「しゅ、修道女のシェスカと申します！　リリアン先輩《せんぱい》の補助役として派遣《はけん》されました！　ご迷惑《めいわく》をおかけすることもあるかと思いますが、何卒《なにとぞ》よろしくお願いします！」

ぴょこんと彼女の三つ編みが跳《は》ねると同時に、フェルマータの胸がきゅぅぅぅんとなった。

「まぶしい！　いい子オーラが滲《にじ》み出てる……！」

リリアンと比べて、ということもあるだろうが、その謙虚《けんきょ》な礼儀正しさに、フェルマータは目を細めて仰《の》け反った。まるで、後光が射《さ》しているかのようで、逆に圧倒《あっとう》されてしまう。

なぜかリリアンが「あたしだって」と対抗《たいこう》しようとしていたが、「うぐぐっ。ダメ！　オーラで消し炭にされちゃう……！」と、太陽に晒《さら》された吸血鬼《きゅうけつき》よろしく苦しんでいた。

「とんでもないです！　私なんて、身勝手な理由で教会に入っただけなので……」

（身勝手な理由……？）

「あ！　よかったら、これから被呪院の昼食時間なので、ご一緒《いっしょ》にいかがですか～？」

シェスカが一瞬《いっしゅん》浮かべた寂《さび》しそうな表情が気になったフェルマータだったが、それはリリアンのご機嫌《きげん》な提案によって吹《ふ》き飛ばされてしまった。そしてシェスカも、「お二人は、被呪者やその家族たちの希望です。来てくださったら、きっとみんな喜ぶと思います」と、フェルマータとヴォルフを丁寧《ていねい》に食事に誘《さそ》ってくれた。

「私でよければ是非《ぜひ》。……ヴォルフはどうする？」

「任せていいか、フェル。貰《もら》い物を持ち帰らねばならん故、俺は屋敷《やしき》に戻る」

ヴォルフはフェルマータの抱《かか》えていた土産を軽々ともらい受け、振り返らずに去って行く。

彼の愛想《あいそ》のなさにシェスカは少し落ち込んだ様子だったが、今日だけで領民と二百年以上分触《ふ》れ合ったヴォルフだ。十分頑張《がんば》っただろうと、フェルマータは笑顔《えがお》でその背を見送った。

国のトップがジゼリア女王に替《か》わってから、風向きは変わりつつあるものの、まだまだ国内では呪いに対しての偏見《へんけん》や差別的思想が根強い。被呪者やその家族の多くは仕事を失い、住居を追われてしまうのだ。そんな彼らを救済し、支援《しえん》するためにゾタ教会が各地に設立したのが被呪院だ。

被呪院では、管理者である司祭や聖女の下《もと》で、被呪者たちが集団生活を送る。可能な範《はん》囲《い》での教育や職業訓練、医療《いりょう》や住居探しといった支援を受け、被呪者たちは社会復帰を目指すのだ。

ちなみにノースト領では、長年ブレンネル家が教会に代わって管理を行っていたらしく、特にレドリックの作るおやつが大人気だったという。

「みんなひどいんですよぅ。レドリック様を返せって、ブーイングの嵐《あらし》なんです」

食堂を目指して歩いていると、リリアンの不満が止まらない。

（いや。レドリック以前の問題だと思うけどな）

フェルマータが、リリアンの可愛《かわい》らしくぷぅと膨《ふく》らんだ頬《ほお》を指でぶすっと突《つ》いてやりたいのを堪《こら》えていると。

「あっ。怠《なま》け聖女だ！」

「ぶりっこ聖女だ！」

入居者の子どもが、通りすがりにリリアンをからかい、走り去っていく。そして、からかわれたリリアンと言えば、「こらーっ！　オープン陰口《かげぐち》はやめなさーい！」と、ぷりぷりと怒《おこ》りながらも、元気いっぱいに子どもたちを追いかけに行った。

「あの子が先輩で苦労するわね、シェスカは」

「いえ……。リリアン先輩は悪いことをしてしまいましたけど、多分、パートナーに流されちゃうタイプなのかなって。欲望に素直《すなお》だったり、必要な嘘《うそ》が吐《つ》けなかったりする方だと思うので、さりげなくサポートして差し上げたら大丈夫《だいじょうぶ》だと思います」

（あぁぁぁっ！　なんていい子なの！　今すぐこの子を昇格《しょうかく》させて！）

リリアンが子どもたちを追い回す様子を横目で見ながら、フェルマータはシェスカを抱《だ》きしめたい衝動《しょうどう》に駆《か》られてしまう。こんな礼儀正しいしっかり者がいるのなら、教会の未来は明るいに違いない。――が、そこでフェルマータは、先ほど外でシェスカが口にしていた、「身勝手な理由で教会に入った」という言葉を思い出した。

「ねぇ、シェスカ。差支《さしつか》えなければ、あなたが修道女になった理由を聞いてもいい？」

聞くかどうか迷ったが、何か力になれれば……と、フェルマータは思い切ってシェスカに尋《たず》ねた。彼女を放っておけない気持ちが抑《おさ》えられなかったのだ。

「えっと……、本当に私的な理由なので、お気を悪くされるかも」

「しないわよ。私なんて親も親類もいなかったから、教会の修道女になったのよ。最初の理由や動機なんて、人それぞれだわ」

フェルマータが明るく促《うなが》すと、シェスカはおずおずと口を開いた。

「……私は、父を捜《さが》したかったんです。父は一年前に呪《のろ》いを受けてしまい、その後姿を消しました。どんな呪いだったかも聞けないままで、生きているのか死んでいるのかも分からず……。でも、もしかしたら、どこかの被呪院に身を寄せているんじゃないかと思って」

ぽつりぽつりと話してくれるシェスカに、フェルマータは「なるほど」と頷いた。

ゾタ教会に属すれば、教会が管理している被呪院の出入りが自由に可能となる。シェスカは各地の被呪院を巡《めぐ》り、父親を捜しているらしい。

「残念ながら、父はここにはいないようでした。今度は、サウスト領も覗《のぞ》いてみようかと思っています」

「そう……。私も協力させてもらってもいいかしら。領主夫人パワーでよその領地の情報が得られるかもしれないし。そうだ、お父さんの名前は何ていうの？」

「フェルマータ先輩、ありがとうございます！　父の名前は――」

　二人が話しながら食堂に入ると、そこには食事をしているジョバンニがいた。長テーブルの隅《すみ》っこで、本をめくりながらサンドイッチを口に運んでいる。彼は定期的に被呪院を訪《おとず》れ、被呪者たちの診察《しんさつ》を行っているので、おそらくその前後なのだろう。

「ジョバンニ。お昼休憩《きゅうけい》？」

「おや、フェルちゃ……じゃないや。フェルマータさ——」

「父さんっ！」

　ジョバンニがフェルマータの呼び名を改めて言いかけた時だった。フェルマータの後ろからハッとしたように飛び出してきたシェスカは、ジョバンニのことをそう呼んだ。

「父さん！　ずっと捜してたんだよ！　どうして何も言わずにいなくなったの⁉」

　シェスカは目を潤《うる》ませながら、ジョバンニに手を伸《の》ばそうとした——が、ジョバンニはその手をすっとかわした。

「何のことかな。お嬢《じょう》さん」

　いつものジョバンニからは想像できない冷たい目に、フェルマータは思わず息を呑《の》む。

「おっさんに娘《むすめ》はいないよ。人違《ひとちが》いじゃないかい？」

「そんなわけないよ。私、シェスカだよ。父さんの一人娘だよ。……ねぇ、どうしちゃったの？　悪い冗談《じょうだん》はやめて……」

　震《ふる》えながら立ち尽《つ》くすシェスカの目からは、大粒《おおつぶ》の涙《なみだ》がぽろぽろとこぼれている。

けれど、ジョバンニの態度は変わらず冷淡《れいたん》なまま。「いい加減、しつこいよ」とうんざりとした表情を浮《う》かべて、その場を立ち去ろうとした。

「待ちなさいよ！　もっと話を……」

「ごめん。もう診察の時間だから」

フェルマータの引き留めにも応じず、ジョバンニは食堂を出て行ってしまった。

そして残されたフェルマータは、状況《じょうきょう》は分からないものの、ジョバンニが可愛い後輩《こうはい》を泣かせたという事実に腹を立てずにはいられなかった。

「何よ、あの態度！　冷たすぎる！　話くらい聞きなさいよね！」

「父さん、私のことが嫌《きら》いになったんでしょうか……」

カチンときて地団駄《じだんだ》を踏《ふ》んでしまうフェルマータだったが、泣き出してしまったシェスカを見て、ハッと慌《あわ》てて怒りを胸の奥に押し込んだ。今はジョバンニの対応に腹を立てている場合ではない。仮に彼がシェスカの父親だとして、なぜ頑《かたく》なにそれを否定するのかを考えること、そしてシェスカを元気づけることが重要だ。

「泣かないで、シェスカ。きっと何か訳があるのよ。ジョバンニが屋敷に帰って来たら、神聖術で脅《おど》して問い詰《つ》めるから」

「……ふふっ。私を元気づけるために、そんなご冗談を。ありがとうございます」

慰《なぐさ》めようと抱きしめたシェスカは、あまりにもピュアな泣き笑顔を向けてきた。間違っても、本気で聖なる脅し行為《こうい》をしようとしていたなどとは口にできない。

（シェスカが無垢《むく》すぎてつらい……！）

フェルマータが「むぐぐ」と唸《うな》りながら、自分の黒さを恥《は》じていると。

「あれ？　フェルマータ先輩ってば、苦虫嚙《か》んでるみたいな顔してますね！」

少年たちを追い回していたリリアンが、食堂にやって来るなり無駄に大きな声で「きゃはは♡」と笑った。

「あなたは空気を読むことから勉強しましょっか」

このぶりっこ聖女。本当に素直すぎる。


そして、その夜――。

フェルマータは、ブレンネル屋敷《やしき》の前でジョバンニの帰りを待っていた。というか、仁《に》王立《おうだ》ちで待ち伏《ぶ》せしていた。

これにはジョバンニもぎょっとしたらしく、引き気味の表情で「美人のお出迎《でむか》えは嬉《うれ》しいんだけど、顔が怖《こわ》いよ」と、その場から逃《に》げ出したそうに口を開いた。

「あの子のことかい？　知らないって言ったでしょうが。別のジョバンニさんじゃないの？」

「ジョバンニ・ガランっておじさんが、この世に二人もいたら驚《おどろ》きだわ」

「いないとも言い切れないよ？」

「はぐらかさないで。あんなにいい子を泣かせて、あなたは平気なの？」

「そりゃあ、心は痛むよ。でも、見ず知らずの子にそこまで感情移入できないって」

フェルマータの追撃《ついげき》をのらりくらりとかわしながら、ジョバンニは二階に上がり、自室に入ろうとしてしまう。フェルマータが「娘、本当にいないの？」と、ドアの前で立ち止まると、彼は少しだけ振《ふ》り返り――。

「……覚えがないね」

どこか寂《さみ》し気な表情を浮かべ、部屋に入っていくジョバンニの真意が分からず、フェルマータは唇《くちびる》を噛み締《し》めた。

（ジョバンニのあの態度……。絶対に何か理由がある……。でもいったいなんだって言うの？）

シェスカの涙を思い、フェルマータが腑《ふ》に落ちないまま引き返そうとしていると――。

「フェル。少しだけ、外に出ないか」

階段の下からこちらを見上げているヴォルフに、フェルマータはこくりと頷《うなず》いた。

ひんやりと張り詰めた空気が満ちるノースト領の夜の町。川が静かに流れる橋の上で立ち止まったヴォルフは、ぽつりと口を開いた。

「あの修道女は、自分がジョバンニの娘だと言ったのだな。……ならば、事実で間違いないだろう」

「でも、ジョバンニが違うって言うのよ」

「奴《やつ》から、自身の呪いについて聞いていていないか」

「そういえば、呪いの中身までは……」

フェルマータはジョバンニと屋敷で再会した時のことを思い出すが、たしかに彼がどのような呪いを受けたのか、聞いてはいなかった。彼の舌に刻まれた【砂時計の刺青《いれずみ》】は、その時は四分の一ほど砂が落ちてしまっていたはずだが――。

「忘却《ぼうきゃく》の呪い――。記憶《きおく》の欠落だ」

「え……」

驚いて言葉の出ないフェルマータに、ヴォルフは淡々《たんたん》と言葉を紡《つむ》ぐ。

「あいつは少しずつ、記憶を失っている。学者の命である知識も、掛け替《が》えのない思い出も。どの記憶が、いつの間に失われているのか分からない。【砂時計の刺青】の砂が落ち切った時、自分は自分でなくなるのだと……、一年前、あいつ自身が診断《しんだん》を下した。その診断さえ、王都の学者たちは信憑性《しんぴょうせい》を疑っていたがな。記憶に欠損のある被呪者《ひじゅしゃ》の言うことなど、聞くにも値《あたい》しないらしい」

「そんな……」

フェルマータは、ジョバンニが「これのせいで、おっさんの研究は全部嘘《うそ》っぱち扱《あつか》いになったよ。嘘つきの舌だってさ」と笑いながら語っていたことを思い出す。その言葉の裏にあった彼の苦しみを想像すると、胸がぎゅっと締め付けられて仕方がない。彼と同じく一夜にして元の地位を失ったフェルマータだが、自分が自分でなくなる恐怖《きょうふ》は、死の恐怖とは異なる恐《おそ》ろしさがあるに違いない。

「それじゃあ、ジョバンニがシェスカのことを知らないって言ったのは――」

「あぁ。娘に関する記憶が欠落しているのだろうな」

「私には家族はいなかったけど、ドルマン先生や同じ教会で育った仲間たちのことを忘れるなんて耐《た》えられない……！　忘れられることだって……！　そんなの、考えただけでつらすぎる……」

大切な人を忘れてしまう。あるいは、忘れられてしまうことは、初めから孤独《こどく》でいることよりも、もっとつらくて悲しい――。

ジョバンニとシェスカのことを思うと耐えきれず、フェルマータの瞳《ひとみ》からは涙がほろほろとこぼれ落ちていく。

「己《おのれ》の命もわずかだというのに、他人のために涙を流すのか」

フェルマータの涙を、ヴォルフは右手の指でツイと優《やさ》しく拭《ぬぐ》った。右手の甲《こう》の刺青が蒼《そう》炎《えん》で燃え、その光のまぶしさにフェルマータは思わず目を細める。

「だって、何もできないのが悔《くや》しくて。二人になんて言ってあげたらいいの……」

「偽《いつわ》るべきでもないだろう。そのあとは、ジョバンニと娘次第《しだい》だ」

ヴォルフは何かまだ言いたそうだったが、白いため息を吐《は》き出し、それからフェルマータのマフラーをふんわりと整えた。

「冷えてきたな。そろそろ帰るぞ」

「うん……」

フェルマータは、ヴォルフの数歩後ろを重たい足取りで歩く。苦しんでいる人を助けられないもどかしさで、胸が痛い。身近な友人ひとり、救うことができない聖女など、聖女失格ではないだろうか。

（ジョバンニとシェスカのために、私に何かできること、本当に何もないの――？）

フェルマータは唇を噛み締めて、ヴォルフの右手からゆっくりと解呪の炎が消えていく様子を眺《なが》めていた。

（ヴォルフの呪《のろ》いは解いてあげられるのに……。ん？　待って！）

唐突《とうとつ》に足を止め、前を歩いていたヴォルフの襟《えり》をぐいと掴《つか》んで止まらせたフェルマータは、明るい笑《え》みを浮《う》かべていた。ひらめいたと言わんばかりのドヤ顔だ。

「ジョバンニの呪いを解く方法を見つけたらいいのよ！　消えた記憶が戻《もど》らないなんて、誰《だれ》が決めたの？　私たちと同じように、呪いに抗《あらが》う方法があるかもしれないじゃない！」

「フェル、簡単に言うが……」

「愛で呪いが解けるのよ？　そんな信じられない方法があるくらいなんだから、他《ほか》に何があったっておかしくないわ」

ヴォルフは圧倒《あっとう》されている様子だったが、フェルマータは気にしなかった。ジョバンニの記憶は有限。善は急げだ。

「そうと決めたら、作戦会議！　ヴォルフ、早く帰るわよ！」

「お、おい……！」

フェルマータは、薄《うす》く積もった雪の上をヴォルフの手を引いて走り出したのだった。

（まったく……。この妻には驚かされてばかりだ）

フェルマータに手を引かれて夜の町を駆《か》けるヴォルフは、彼女の背を見つめていた。解呪の蒼炎が揺《ゆ》らめき、それを見ているといっそう彼女への愛《いと》おしさと、生きてほしいという気持ちが込み上げてくる。

彼女の優しさと強さに何度救われたことだろう。そう思うと、握《にぎ》っている手に自然と力が入ってしまうのだが――。

「私の手、あったかいでしょ……？」

不意にくるりと振り向いたフェルマータが恥《は》ずかしそうに小さく微笑《ほほえ》み、きゅっと手を握り返してくれた。その笑みに、ヴォルフに得も言われぬ感情が駆け巡《めぐ》る。

「そうだな。離《はな》したくないほどに」

金の隻眼《せきがん》を細めながら、先ほど呑《の》み込んだ言葉を胸の中で唱える。

（お前の『忘れたくない記憶』の中に、俺の居場所を欲《ほっ》することは、傲慢《ごうまん》だろうか……）

それから数日後。フェルマータはブレンネル屋敷《やしき》の厨房《ちゅうぼう》にシェスカを招いていた。彼女にジョバンニの持つ忘却の呪いについて伝えるためである。

「そう……、だったんですね……。父の中に、もう私や母はいないんですね……」

シェスカは、フェルマータからハンカチを受け取り、涙《なみだ》を拭っている。

ショックを受けて当然だろう。大切な人から忘れられてしまうなど、とても受け入れ難《がた》いに違いない。

そしてフェルマータは、シェスカが落ち着くのを待って口を開いた。

「……諦《あきら》めることは簡単よ。私も死を受け入れて、ずっと絶望したままだった。だけど、呪いには抗うことができる。──その方法を見つけてくれたのは、他でもないジョバンニよ。あの人は、誰よりも解呪の希望を持ってるんだから。と、いうわけで、ハイ。これ！」

「えっ？」

フェルマータがシェスカに手渡《てわた》したものは、泡《あわ》だて器だった。

戸惑《とまど》い、目がテンになっているシェスカの前で、フェルマータはマイ泡だて器を片手に高らかに叫《さけ》んだ。

「言い伝えに乗っかって、レッツクッキング!!」

なぜ、フェルマータが泡だて器を持ってシャウトするに至ったのか。

それは、フェルマータがヴォルフとの作戦会議の中で、「愛の日」というイベントを知ったからだ。

ヴォルフによると、

「ノースト領には『愛の日』という、大切な者にマフィンを贈《おく》り、愛を伝える日がある。八十年ほど前だったか。巡礼《じゅんれい》に来た大司教が、『愛があれば、絶望の未来を変えることができる』と説いた日だ。まぁ、マフィンを贈る風習は、菓子《かし》店が便乗して売り出し、根付いたに過ぎんが」

　ということだった。

「つまり、愛のマフィン！　ジョバンニの未来を明るくするものは、『愛』よ！　だから、家族愛いっぱいのマフィンを贈るのよ！」

　勢いよく言い切ったものの、きょとんとしたシェスカの視線に耐えきれず、フェルマータはもじもじと泡だて器を引っ込めた。

　散々ヴォルフと話し合ったものの、過去の大司教のお言葉を信じる……というか、それこそ便乗するという案しか出てこなかったのだ。もちろん、愛のマフィンによって呪いが解ける根拠《こんきょ》など、どこにもないのである。

「押しつけがましい提案だし、そもそも上手《うま》くいく可能性だって少ない。……でも、私にとってのヴォルフみたいに、シェスカがジョバンニに寄り添《そ》ってくれたらいいなって思う。誰かを慈《いつく》しむ気持ちって、本当に人を強くするから」

　愛による解呪が、すべての呪いに有効とは限らないかもしれないが、何でも試《ため》してみる価値はある。フェルマータは【死神】学者ではないので、ちゃんとした仮説や理論の提示はできないが、シェスカの想《おも》いを届ける手伝いはできるはずだ。

「だから、シェスカの想い……、愛をジョバンニに伝えてみない？」

「フェルマータ先輩《せんぱい》……」

いつの間にか、シェスカの瞳が暗い色から光のある色に変わっていた。

「ありがとうございます！　私、愛のマフィンを作ります！　父のためなら、何でもやってみないと」

フェルマータは、キラキラと目を輝《かがや》かせるシェスカの姿にほっと胸を撫《な》で下ろした。ジョバンニの呪いの真実を伝える必要があったとはいえ、やはり可愛《かわい》い後輩を泣かせたままではいたくなかったのだ。

と、そこに――。

「あの……。本当に私たちも交ぜてもらっていいの？」

「えっ。別によくない？　遠慮《えんりょ》する理由ありますぅ？」

厨房に現れたのは、少し気まずそうなブルーナと、ふてぶてしく首を傾《かし》げるリリアンだった。ブルーナはいつものメイド服だが、リリアンはピンクのフリフリしたエプロンを着けている。二人も、愛の日のマフィンを作りに来たのだ。

「ブルーナには材料の準備も手伝ってもらったし、せっかくだから。リリアンは呼んでないけど」

「だって～、愛の日のマフィンですよ？　張り切って作らなきゃ！」

「ふしだら司祭にあげるの？」

「ヒューゴ様にはあげませんよ～。イースト領の端《はじ》っこの島に左遷《させん》されちゃいましたもん。

あたしがプレゼントするのは、ドルマン様で〜す。媚《こ》び媚びに媚びて、王都勤務にしてもらうんですぅ♡」

引くくらい素直《すなお》に語るリリアンに、怒《おこ》るべきか呆《あき》れるべきか。

フェルマータが「あんたねぇ……！」と眉根《まゆね》を寄せると、すかさずシェスカが間に入り——。

「まぁまぁ……っ。賑《にぎ》やかな方が楽しくていいじゃないですか。私、母としか料理をしたことがないので、とってもわくわくしてます！」

パァアッと明るい笑みを浮《う》かべるシェスカが眩《まぶ》しい。

「うぅっ！　いい子オーラが眩しい……！」

「きゃーっ！　また後光に焼かれる〜！」

ブルーナが「何の小芝居《こしばい》……？」と、不思議そうにフェルマータとリリアンを見つめている、そんな賑やかな空気で始まるクッキングタイムだった。

マフィン作りをしていて、分かったことがあった。

（シェスカってば、ほんっとうにいい子だ！）

フェルマータは世話焼きな性格なので、お菓子作りが苦手なリリアンやブルーナにぐいぐい助言し、手を出してしまう。けれどシェスカは、みんなが作業しやすくなるようなさりげないフォローや、相手が自然に気が付くことができるような声掛《こえか》けが非常に上手い。そして、彼女自身もくるくるとよく動く。

「しっかりしてるわねぇ。あのマイペースなジョバンニの娘《むすめ》とは思えない」

「そんな父の世話をしてきたからですよ。母が早くに亡《な》くなったので、私と父の二人だけでしたから」

シェスカはボウルの中の生地《きじ》を混ぜ合わせながら、懐《なつ》かしそうに笑った。作っているのは、甘さを控《ひか》え、ソーセージやブロッコリー、トマトといった具材を入れた食事用のマフィンのようだ。

「……よく、このマフィンを作りました。夜遅《よるおそ》くまで研究をしていた父のために、母が考えたレシピなんですけど、甘党の父には物足りなかったみたいで。いつも、『甘いのがいいって言ってるのに』と、文句を言っていました。……でも、絶対に残さず食べてくれて。私、空っぽになったお皿を見るのが好きだったんです」

思わぬいい話を聞いてしまい、フェルマータの胸はじーんと熱くなる。家族と共に過ごして来なかったフェルマータだが、ガラン家が仲の良い家庭だったことは分かる。羨《うらや》ましいと素直に思う。

「食事マフィンが、ガラン家の味なのね。ますます記憶《きおく》を取り戻《もど》すきっかけになりそうじゃない？　愛は呪《のろ》いに打ち勝てるんだから、試してみる価値爆上がりだわ！」

(呪いがそんなに簡単に解けるかは分からない。だけど、私とヴォルフの解呪《かいじゅ》の条件が『愛』なんだから、もしかしたら――)

愛のこもった思い出のマフィンなら。

そして、マフィンが焼き上がり――。

「あたしの可愛すぎじゃないですぅ？　超映《ちょうば》え～！」

ドルマンの趣味《しゅみ》ではなさそうな、きゅるんと可愛いうさぎのデコレーションが施《ほどこ》されているのは、リリアンのマフィン。

隣《となり》に並ぶブルーナのマフィンはチョコたっぷりで、食べ応《ごた》えがありそうだ。

「――で、フェルマータ先輩のは～」

「な、何よ……」

皆《みな》からの何か言いたげな視線が集まり、フェルマータは居心地《いごこち》が悪くてたまらない。

フェルマータの作ったマフィンは、クリームと苺《いちご》、そしてハート形の小さなチョコがちりばめられた可愛らしいものだった。

それを見て、リリアンがにまにまと目を細めて笑っているのだ。

「先輩の、めっちゃ本命仕様じゃないですかぁ♡」

「ぬあっ!?」

どストレートな剛速球《ごうそっきゅう》に思わず変な声が出てしまう。

「ちちち、違《ちが》うわよ！　どこが本命仕様よ！」

「じゃ、誰《だれ》に作ったんですー？」

「う……。ヴォルフだけど……」

「ほら～」

「そ、それは仕方なくよ！　だって、妻だし！　私からもらえなかったら、あいつが可哀《かわい》想《そう》だから！」

真っ赤になって理由を述べるフェルマータをリリアンだけでなく、ブルーナとシェスカも「そうですか～」と緩《ゆる》い笑《え》みを浮かべて見つめていた。いくら必死に弁明したところで無意味であることは明白だった。

「私がヴォルフのことすすす好きだとか、そんな……！」

「認めちゃったら楽になると思うけどな。顔赤いよ、フェルマータ様。外の空気でも吸ったら？」

呆れ気味のブルーナに促《うなが》され、フェルマータは「そうね」と照れながら頷《うなず》いた。そして、顔のほてりを冷まそうと窓を開けると――。

「…………っ！」

中庭で、ヴォルフとレドリックがちょうど鍛錬《たんれん》をしているところだったらしい。軽めの騎士《きし》装束姿の二人がそれぞれの得物を振《ふ》るい、緊張感《きんちょうかん》の溢《あふ》れる手合わせをしていた。金属の乾《かわ》いた音が響《ひび》き、そして、ヴォルフの長剣《ちょうけん》がレドリックのハルバードを弾《はじ》き飛ばす。

「誰だ」

視線を感じたからだろう。長剣を鞘《さや》に納めるヴォルフがこちらを見上げ、一瞬《いっしゅん》目が合ってしまったので、フェルマータは大慌《おおあわ》てで窓をバタンッと閉めた。

（ヴォルフいたしぃぃぃっ！）

赤い顔を見られてしまったかもしれないと、フェルマータは声にならない悲鳴を上げた。

（秒しか見てないのに、剣振《ふ》ってるあいつがかっこいい……とか思っちゃったし。もっと見てたいとか思っちゃったし。あぁぁぁっ！　何これ、何この気持ち！　クールダウンどころか、全然落ち着かないんですけど！）

「戦犯、ブルーナ！　言い残すことは？」

「ヤだな。濡《ぬ》れ衣《ぎぬ》だよ」

フェルマータに襟《えり》を掴《つか》まれそうになったブルーナは、信じられない瞬発力でそれを躱《かわ》して、厨房《ちゅうぼう》の隅《すみ》へと逃《に》げて行った。あのメイド、只者《ただもの》ではない……！

そして、そんなみんなの遣《や》り取りが楽しいらしく、シェスカはにこにこしながら自分の成果物をケーキクーラーから皿へと移していた。

「女子会ってこんな感じなんでしょうか。なんだか楽しいですね」

「ごめん。女子だけの会ってしたことないから、よく分かんないかも……。いっつもドルマン先生交ざってたし」

「あたし、なぜか女子から嫌《きら》われちゃうんだよね〜」

「バケモノ辺境伯に仕えてる家の娘だからって、ハブられてた」

女子会初心者たちが「じゃあ、今日が初女子会か！」と変な空気を豪快《ごうかい》に吹《ふ》き飛ばしていると。

「あ」

騒《さわ》がしい厨房をひょっこりと覗《のぞ》いたのは、マグカップを手にしたジョバンニだった。どうやら、厨房にコーヒーを淹《い》れに来たらしい。だが、先日冷たい態度を取った相手であるシェスカがいることに気が付いたジョバンニは、「まさか、シェスカ嬢《じょう》が来てるとは思わず……」と、気まずそうに表情を曇《くも》らせた。

「いや、あの……。いい匂《にお》いがしたもんでさ。邪魔《じゃま》したね。おっさんは帰るよ」

「ジョバンニ、待って！」

フェルマータは、部屋にそそくさと引き返そうとしたジョバンニを慌てて引き留め、そしてシェスカに目配せをした。すると、シェスカはこくんと小さく頷き――。

「父さ……、いえ、ジョバンニさん。よかったら、食べていただけませんか。この前、お騒がせしてしまったお詫《わ》びです」

シェスカは、緊張した面持《おもも》ちで焼きたてのマフィンを差し出した。そのマフィンを目にしたジョバンニの眉《まゆ》がわずかにぴくんと動いた気がしたが、彼は「気にしなくていいってのに、律儀《りちぎ》な子だねぇ」と、ぱくっと一口それを頬張《ほおば》った。

（食べた……！　思い出の味を食べたわ……！）

フェルマータとシェスカは、ドキドキしながら彼の様子を見守っていたが――、彼の表情は淡泊《たんぱく》なものから変わることはなかった。

「うん、美味《うま》いね。ありがと。んじゃ、おっさんは研究に戻るわ」

彼のあっさりとした言葉に、父と同じ琥珀《こはく》色をしたシェスカの瞳《ひとみ》の奥が揺《ゆ》れた。

そして、泣くまいと耐《た》えるシェスカを見たからか、ジョバンニは小さなため息を吐《は》き出して、「シェスカ嬢さ」と申し訳なさそうに口を開いた。

「なぁ。呪《のろ》われた父親のことなんて忘れて、自由に生きたらどうだい？　教会も辞《や》めてさ。頼《たよ》る親戚《しんせき》くらいいるでしょ」

「いえ……。私、ますます教会を辞めるわけにはいかなくなりました。神聖術を学んで、呪いを知って、父を救う方法を探し続けます。私は父を諦《あきら》めたくないんです。父のことが大好きなので」

「……ったく、酷《ひど》い父親だよ」

ジョバンニは、シェスカが気丈《きじょう》に振る舞《ま》う姿に一瞬つらそうな表情を浮《う》かべ、そしてか

じりかけのマフィンを持って、厨房を出て行った。

その背を見送るフェルマータは、シェスカになんと声を掛《か》けたらいいか分からない。つい先ほどまで騒いでいたリリアンとブルーナでさえ、黙《だま》ってシェスカが口を開くのを待っていた。

「……あっ。みなさん、そんな顔なさらないでください。マフィン作戦はダメでしたが、私はまだまだ諦めません！　行方《ゆくえ》不明だった父に会えたんです。記憶《きおく》が戻《もど》る奇跡《きせき》だって、きっと起こります。それに、私には元守護聖女のフェルマータ様がついてくださってますし！」

明るい声を出すシェスカが痛々しくも、切なく映る。

けれど、彼女は慰《なぐさ》めや同情は求めていない。だからこそ、フェルマータは力強く頷き、笑顔を返した。

「任せて。この私が、あなたを守護聖女にする勢いで協力するから。そうと決まれば、さっそく次の作戦会議をしなくちゃね！」

「ちょっと！　あたしだって先輩《せんぱい》なんだし、頼っていいんだからね！」

「あなたがいつでも博士に会いに来れるようにしとけって、辺境伯から言われてるし。門は私が開けたげるから、気軽に来て」

単にフェルマータに張り合っているだけなのか分からないが、リリアンはどんと胸を張り、いつもは門の開け閉めなど兄に任せっぱなしのブルーナからも、優《やさ》しい言葉が飛び出す。シェスカには、周りの者の心を優しくさせる人柄《ひとがら》がある――、フェルマータにはそう思えた。

「シェスカ。みんなでマフィン、食べましょ？　会議のお供にぴったりだわ」

「はい！　よろしくお願いします！」

元気な返事をしてくれたシェスカに、フェルマータは小さく安堵《あんど》した。

そして、彼女がてきぱきと紅茶の準備をしている様子を見つめながら、黙ってジョバンニの言動を思い出していた。

（もしかして、ジョバンニは……）

その日の夜、フェルマータはジョバンニの部屋を訪《おとず》れた。

フェルマータが「入っていい？」と尋《たず》ねると、「夜這《よば》いかな。狼《おおかみ》の旦那《だんな》に言いつけちゃうよ？」と軽口が返ってくるのはいつも通りだったが、その声にはなんだか力がないように聞こえた。そして、部屋の中は一段と多くの文献《ぶんけん》やメモ紙、写真が散らばっており、まるでジョバンニの抱《いだ》く焦燥感《しょうそうかん》が現れているかのようだった。

「ジョバンニ、無理してない？」

「フェルマータ様はお優しいねぇ。でも、死の呪《のろ》いにかかってる君に心配されることぁないよ」

「呪いに重いも軽いもないわよ。私の勝手な見解だけど、呪いって、その人にとって一番つらいものが刻まれるんじゃないかって」

フェルマータがそう言うと、ジョバンニは「面白い考察だね」と乾《かわ》いた笑いを浮かべた。

「そっか。じゃあフェルマータ様は、おっさんにとって何よりもつらいことは、記憶がなくなることだって言いたいわけだ」

「ええ。あなたは学者として、【死神】に関する記憶がなくなることがつらいのよね。だけど、それ以上に家族を忘れてしまうことを何よりも恐《おそ》れている――」

フェルマータは床《ゆか》に落ちていた写真を一枚拾い上げるが、それは【死神】の研究資料などではなかった。

『最愛の妻と娘《むすめ》　エルダとシェスカ』

幼いシェスカを抱《だ》いた小麦色の髪《かみ》をした女性の写真。その裏に走り書きされたジョバンニの文字は、滲《にじ》んでいて読みづらい。そんな写真が何枚も散らばっていた。

フェルマータは確信を得て、再び口を開く。

「あなた、本当はシェスカのこと、忘れてないんでしょう？」

「何言ってるの。おっさん、シェスカ嬢のことは知らないってば」

「とぼけないで。私、あなたにシェスカのお父さんが呪われたことは、話してなかったはずよ。だけど、あなたはそう口にした。思い出した……とは、違《ちが》うんでしょ」

「……正解しても、ご褒美《ほうび》はないよ」

少しの間を空けて、ジョバンニはフェルマータから写真を受け取った。彼は愛《いと》おしそうにそこに写っている妻と娘を見つめ、ため息をひとつ吐き出す。

「悪あがき。どうしても、忘れたくなくてさ」

「じゃあ、どうして忘れたフリを……!?」

「君には親や兄弟がいなかったから、分からないかな。呪いは、自分だけが不幸になって終わりじゃない。王都じゃあ、被呪者《ひじゅしゃ》家族が通える学校なんてない。働こうとしたって、門前払《もんぜんばら》い。食い物を売ってくれる店すらない。もちろん、住める場所だってない。まるで罪人扱《あつか》いだ」

「…………っ」

「シェスカは優しい子だから、それでも俺を見捨てないに決まってる。なら、俺から縁《えん》を切ってやるしかないだろう？　あの子の幸せを親の俺が邪魔《じゃま》するわけにはいかないんだ。それに――」

指で目頭《めがしら》を押さえるジョバンニは、嗚咽《おえつ》を堪《こら》えながら言葉を紡《つむ》ぐ。苦しそうに。そして、悲しそうに。

「記憶がなくなってくってのは、俺って人間が消えていくのと変わらないよ。この恐怖《きょうふ》をあの子にまで背負わせるわけにはいかないでしょうが……。でも、神様ってのは意地悪いね。遠ざけたはずの娘を……わざわざ……、寄越《よこ》すん……だからさ……。甘いのがいいって言ってんのに、いっつもあのマフィンなんだ……。好きだって、ばれてんだろうなぁ。もう二度と、食えないと思ってたのに……」

「ジョバンニ……」

何も言えずにいるフェルマータを気遣《きづか》ったのか、ジョバンニは「湿《しめ》っぽくてごめんね」と、無理矢理笑ってみせた。とても痛々しく、見ているこちらの胸が抉《えぐ》られるような笑《え》みだった。

そして彼は居住まいを整え、フェルマータに向かって大きく頭を下げた。

「フェルマータ様、頼《たの》む！　許されるなら、このまま俺にシェスカを見守らせてほしい。あの子が俺を諦《あきら》めて、呪いと無縁《むえん》に生きると決める日まで」

飄々《ひょうひょう》とした【死神】学者ではなく、父親としてのジョバンニの切なる願い。

けれど、フェルマータはそれを聞き入れるつもりはなかった。

「バカ……！　そんな日、来ないわよ！　これ食べて、しっかり研究しなさい！　あなたのために修道女にまでなったシェスカが、そんな簡単に諦めるわけないでしょ⁉　っていうか、【死神】学者のあなたが一番諦めちゃダメなんだから！」

フェルマータは、紙包みに詰《つ》め込んできていた大量のマフィンをジョバンニのデスクにどーんと置いた。怒《いか》りながら涙目《なみだめ》で、口調はいつも以上にきつく、ジョバンニは「は……、はい」と気圧《けお》されている。

「自分の呪いを解く方法、さっさと見つけなさいよね！　抜《ぬ》けていく記憶に負けないスピードで！　その間に、私は私の呪いを解くから。あなたは私を好きなだけ研究材料にしたらいいのよ！」

「ふっ……。さすが我らが聖女様だ。痺《しび》れるねぇ」

強気な態度のフェルマータに、ジョバンニはやれやれといった表情を向けている。けれど少しだけ肩《かた》の荷が下りたのか、いつもの柔《やわ》らかい笑顔が戻っている気がした。

「ありがとさん。シェスカのためにも、必ずやり遂《と》げる。……そのために、フェルマータ様は狼の旦那と愛し合ってくれよな」

「わ……、分かってるわよ！　それより、その『フェルマータ様』って呼び方やめてほしいんだけど。『フェルちゃん』でいいから！　ジョバンニから様付けされるの、むずむずして嫌《いや》！」

「あはは。狼の旦那には睨《にら》まれそうだけど、ここは戦友として『フェルちゃん』呼びを継《けい》続《ぞく》させてもらおうかな」

ジョバンニは、可笑《おか》しそうにしながらマフィンにぱくりと齧《かじ》りついた。懐《なつ》かしそうに。嬉《うれ》しそうに味わって。

「ありがとうございました」

フェルマータがジョバンニの部屋のドアを静かに閉めると、廊下《ろうか》の壁《かべ》にもたれてしゃがみ込んでいたシェスカが、すくっと立ち上がって頭を下げた。

「本当に、ジョバンニと話さなくていいの？」

「いいんです。父さんの気持ちが分かっただけで十分です。何があっても、私はこれからも父さんを諦めない……。また一緒《いっしょ》に笑って暮らせる日が来るまで」

涙の跡《あと》が残るシェスカの頰《ほお》を見て、フェルマータは「そう……」と優しく目を細める。

呪いに立ち向かい、抗《あらが》っているのは、被呪者だけではない。苦しみや悲しみは家族にもあり、皆《みな》が救いを求めて日々を生きている。

（私は聖女として……、いいえ。フェルマータ・ブレンネルとして、みんなの力になりたい）

締《し》め付けられる胸の痛みをシェスカに悟《さと》られぬよう、フェルマータは屋敷《やしき》を後にする彼女を笑顔で見送った。

そして――。

（次は、私の番……か）

フェルマータは、昼間リリアンから「本命仕様」と茶化されたマフィンの包みを胸に抱き、屋敷の中を彷徨《さまよ》い歩く。

（ヴォルフに会ったら、『余っちゃったの』、って言って渡《わた》せばいいわ。私はシェスカのついでに作っただけだし、うん。それでいこう。ときめきたかったら、向こうが勝手にときめけばいいのよ）

頭の中で様々なパターンの言い訳を考えながら、執務《しつむ》室を覗《のぞ》き、書庫を覗き、武器庫、薬庫、中庭、飛竜《ひりゅう》小屋……。けれど、捜《さが》せども捜せども、ヴォルフはなかなか見つからない。

いつの間にか時刻は夜の十二時近くになっていて、さすがのフェルマータもくたくたになってしまっていた。心当たりはあと一か所。あまり夜更《よふ》けに行きたくはなかったのだが、仕方ない――と、フェルマータが最後に訪《おとず》れた場所は、屋敷の敷地内にある墓地だった。ヴォルフは兄レオンの墓参りを一日に三度しているのだと、以前レドリックが言っていたからだ。

しんしんと雪が降り始めてはいるが、まだ傘《かさ》を差すほどではないだろう。そう思い、フェルマータはマフィンの紙包みだけを持って墓地へとやって来た。

（ちょっとはマシになったけど、あいつってば相変わらず例の恋愛《れんあい》指南書読んでるし、夜中のお墓にも来てるんじゃ……？）

神聖術で光の球を作り、辺りをぽぅと照らしてみると、綺麗《きれい》に手入れされた墓がいくつか並んでいた。花が供えられているものがレオンの墓だろうかと思ったが、どうやらハーマイン家――レドリックとブルーナの父や祖父たちの墓にも供花があるようだった。

フェルマータはきょろきょろと辺りを見回し、墓地の奥の方でようやくレオンの墓を見つけたが――。

（いないし！）

レオン・ブレンネルの墓前にヴォルフの姿はなく、フェルマータは白いため息を吐《は》き出しながらしゃがみ込む。黒色の石で造られた墓をひと撫《な》でし、静かに両手を合わせると、

「はじめまして」と語りかけた。

「召《め》し上がります？　自信作なんですよ。レオンお義兄様《にいさま》」

亡《な》き義兄に愚痴《ぐち》っても仕方がないとは思いつつ、フェルマータは肩を落としながらマフィンを墓にそっと供えた。愛らしいマフィンは神聖術の灯《あか》りに照らされ、まるでライトアップブリーマフィンだ。そう思うと、自嘲《じちょう》気味な笑いが込み上げて来る。

「あの人、あなたと同じ場所に行きたいんですって。最高に愛されてますね。おかげで、私は……」

フェルマータはハッとして、独り言を喉《のど》の奥へ押し戻《もど》した。

(私は、契約結婚《けいやくけっこん》で妻になっただけ。あの人は死ぬために私を娶《めと》ったのに……。私は、いったいどうなりたいの？)

胸がぎゅんと締め付けられ、フェルマータは膝《ひざ》を抱《かか》えて俯《うつむ》いた。降り止《や》みそうにない雪空がなんだか寂《さび》しくて、一段と冷たい。

「ヴォルフ……」

「呼んだか？　フェル」

不意に背後から名前を呼ばれ、フェルマータは飛び上がる勢いで顔を上げた。振《ふ》り返ると、そこにいたのはランタンを手に持ったヴォルフで、フェルマータに怪訝《けげん》そうな視線を向けていた。

「ヴォルフ！　いつからそこに？」

「今来た。お前の姿が見えん故《ゆえ》、捜していたのだが……。兄上に会いに来てくれたのか？」

ヴォルフはフェルマータ越《ご》しにレオンの墓を見つめ、供えられたマフィンに気が付いたようだった。すっとそれに手を伸《の》ばし、興味深そうに眺《なが》めている。

「あ……。それは……」

「ふむ。いくら兄上といえど、譲《ゆず》るわけにはいかんな。フェル……。これは俺のだろう？　違《ちが》うか？」

ヴォルフの金色の隻眼《せきがん》に射竦《いすく》められ、フェルマータはつい恥《は》ずかしくなって目線を逸《そ》らしてしまう。先ほどまで頭にあった言い訳の数々なんて、一瞬《いっしゅん》でどこかに吹《ふ》き飛んでいた。

「私だって、あなたのこと捜してたのに……。あんまり見つからないから、愛の日……終わっちゃったじゃない」

「そうか。すまなかった……と言いたいところだが」

ヴォルフはフェルマータの目元にぎこちなく指で触《ふ》れると、滲《にじ》んでいた悔《くや》し涙《なみだ》をツイとさらっていった。そして──。

「愛の日は、愛を伝える日と、愛を返す日の二日間を指す。ノースト領の出身でないフェルは知らなかっただろう。つまり、今日も愛の日だ。俺に愛を伝えようとしてくれたのだな。感謝するぞ、フェル。俺からは……、今日中にとはいかないのだが、結婚式を贈《おく》りたい。教会で式を挙げるためには、あのぶりっこ聖女に話を通す必要があるのが難点だが、夜が明け次第《しだい》、日程等の相談をしに──」

「待って！　情報量！　情報量が多すぎる……！」

ヴォルフの口から飛び出したあれやこれやに戸惑《とまど》いを隠《かく》せず、フェルマータの顔はぶわぁぁっと赤くなってしまった。動揺《どうよう》したためか、神聖術の灯りはいっそう明るく発光し、フェルマータの顔を照らし出すという最悪のコンボ付きだ。

「私が愛の日にめちゃくちゃこだわってた恥ずかしい奴《やつ》みたいになってるのは、まだいいとしてよ?」

「うむ」

フェルマータは会話をいったんストップさせ、聞き間違いではないかとヴォルフの言葉を脳内再生してみるが、ケッコンシキというパワーワードの登場は揺《ゆ》るがない。そう。そこだけは確実だった。

「結婚式? 私とあなたの……?」

「あまり何度も言わせるな。俺とて、先の提案を平然と言ったわけではないからな……!」

ヴォルフは照れくさそうにしながらコートを脱《ぬ》ぐと、フェルマータの肩《かた》にふわりと羽織らせ、「帰るぞ」と短く言った。

「フェルのマフィンを食べながら、その話がしたい……のだが」

「い……、いいわ。お茶くらい、淹《い》れてあげるわよ」

フェルマータはヴォルフの顔をまともに見ることができず、俯いたまま返事をした。彼のコートのおかげか、体の芯《しん》がたまらなく熱い。この行く当てのない熱を言葉にできたらどれほど楽になるだろうかと、フェルマータは足元に積もり出した雪を黙《だま》って見つめた。

(『死なないで』。『私と生きて』って言ったら、あなたは受け止めてくれるのかしら。……ねぇ、ヴォルフ)

その明け方のことだった。

レドリックが屋敷《やしき》内の見回りをしていると、二階の廊下《ろうか》でジョバンニが倒《たお》れていたのだ。近くに彼のマグカップが転がっているので、おそらく厨房《ちゅうぼう》にコーヒーを淹れに行く途中《とちゅう》だったのだろう。

「ジョバンニ博士！　どうしたんです⁉」

「あぁ……、あれ……。おっさん、廊下で寝《ね》てた？　徹夜《てつや》続きだったからかなぁ」

レドリックが慌《あわ》てて駆《か》け寄ると、ジョバンニは眠《ねむ》たそうにのっそりと起き上がり、ふわぁぁと大きなあくびをした。どうやら怪我《けが》や病気のせいで倒れたわけではないようで、ほっとするレドリックだったが――。

「昨日、フェルちゃんに活入れられて、頑張《がんば》りすぎちゃったかなぁ」

そんなふうにへらりと笑って話すジョバンニの変化を見逃《みのが》すことができなかった。

気のせいだと思いたかった。けれど、ジョバンニの舌に刻まれている呪《のろ》いの証《あかし》は、昨日とは明らかに状態が異なっていた。

(砂が幾分《いくぶん》か落ちて……。何の記憶《きおく》が抜《ぬ》けたのか――)

この胸騒《むなさわ》ぎが、どうか思い過ごしでありますように。

レドリックは窓越しに曇《くも》り空を見つめ、不安の息を吐き出したのだった。

⌛

遡《さかのぼ》ること数週間前――。

「フェルマータに会ってきました」

ノースト領から戻って来たばかりのドルマンの報告に、アデラールは大きく目を見開いた。ナギア女王ジゼリアとの謁見《えっけん》に割り込んできたことは気に食わなかったが、それを遥《はる》かに上回る朗報だった。

「本当か、ドルマン!? ルークライトは呪いを解き、生き延びていたのか!?」

「いいえ。呪いは残っていましたよ。詳細《しょうさい》は伏《ふ》せられましたが、ブレンネル辺境伯と婚姻《こんいん》を結び、今は共に呪いを解こうとしていると……」

そこが重要だというのにと、アデラールは胸の中で舌打ちをした。

けれど、女王ジゼリアは「フェルマータ生存」を素直《すなお》に喜んでいるようで、「あの娘《むすめ》にはゾタ神の加護があるようだな」と顔をほころばせた。

ジゼリアは夫、つまり先王を亡くした二年前に即位《そくい》した女王だが、もともと騎士《きし》家系の女傑《じょけつ》であり、強く気高い守護聖女であったフェルマータのことを気に入っていた。即位前には政治的発言権は持たなかったものの、呪われてしまったフェルマータの追放に異論を唱えていた人物だった。

ジゼリア様を利用すれば……と、アデラールは腹の底で思惑《おもわく》を巡《めぐ》らせる。

「女王陛下。ルークライトを王都に呼び戻しましょう！　解呪《かいじゅ》とまではいかずとも、死期を延ばすことに成功した彼女は、間違いなく国民たちの希望。必ずや、【死神】を討《う》ち滅《ほろ》ぼし、すべての呪いを解く鍵《かぎ》となりましょう！」

ジゼリアは「ふむ……」と顎《あご》に手を当てて悩《なや》んでいるが、その心がアデラールの発言に傾《かたむ》きかけていることは明らかだった。もう一押しだと、アデラールは再び口を開こうとしたが――。

「アデラール大司教、申し訳ありません。フェルマータには、しばらくノースト領の派遣《はけん》聖女の指導役を務めてほしいと頼《たの》んでしまいました」

言葉をすっと滑《すべ》り込ませてきたのは、やはりドルマンだった。アデラールは「何を勝手なことを！」と抗議《こうぎ》したが、残念そうな顔で詫《わ》びるドルマンの真の心は読めない。だが、自分の邪魔《じゃま》をしようとしていると思って間違いないだろうと、アデラールは声を荒《あら》らげた。

「ドルマン！　独断で決める権限は、君にはないはずだ！　ルークライトほどの聖職者を北の辺境に据《す》え置くなど、とんだ愚行《ぐこう》だ」

「ノースト領の民《たみ》のため、決断を急がせていただきました。不祥事《ふしょうじ》を起こした者たちの代わりが見つかりませんでしたでしょう？　ヒューゴとリリアンと言うのですが……。あぁ。確か彼らは貴方《あなた》の教え子でしたね。失礼致《いた》しました。ならば、よくご存知ですよね」

「…………っ」

「喧嘩《けんか》はそのくらいにしておけ。ドルマン、アデラール」

ドルマンの棘《とげ》のある言葉にぐうの音も出なかったアデラールは、さらにジゼリアに黙らされることとなってしまった。女王の御前《ごぜん》なので耐《た》えているが、本当は今すぐゾタ神に祈《いの》りを捧《ささ》げ、この醜《みにく》い苛立《いらだ》ちを浄化《じょうか》したい気分だった。

そして、そんなアデラールの苛立ちを汲《く》んだのか、ジゼリアは「落ち着け」と玉座から頷《うなず》きかけてくる。

「フェルマータが望むのであれば、ぜひ王都に戻《もど》って来てほしい。私は、先王やケビンのように、被呪者《ひじゅしゃ》だからと差別するような心根は持っていないからな。だが、彼女はブレンネル辺境伯の妻になったのだろう？　彼女には彼女の人生がある。ドルマンの頼みだからと好意で聖女の指導役を務めてくれるとしても、教会の聖女と同じように都合よく呼び戻すべきではないな」

「ましてや、彼女を追放したのは我々教会と国……ですからね」

ドルマンが最後にそう付け加え、女王との謁見は幕引きとなった。

思うように事が運ばず、アデラールは苛々《いらいら》としながら王城の廊下を歩いていた。

早く、一人になりたかった。すれ違《ちが》う貴族や騎士、使用人たちのくだらない声に耳を貸していると、頭が割れそうに痛くなる。

大司教という立場から、皆《みな》の声を聞くようにはしているが、この苦痛を知らないあの若造――ドルマンとは、まったくそりが合わない。圧倒《あっとう》的な神聖術の使い手であるくせに、その力を【死神】討伐《とうばつ》ではなく、国民を守ることに使いたがる――。

いや、それ自体は悪いことではないのだが、守っているだけでは根本的な解決ができないではないか。ならば、一時的に守備や救済が脆弱《ぜいじゃく》になり、犠牲《ぎせい》が出たとしても、巨悪《きょあく》を討ち滅ぼすことに尽力《じんりょく》すべきだ。

ゾタ神が聖職者に与《あた》えた神聖術は、そのための力だ。眷属《けんぞく》に対して、特別に効果があるのがその証拠《しょうこ》だ。主たる悪の【死神】を討ち払《はら》う力もあるはずで、それを振《ふ》るわないことは罪である。

「あぁ……。ゾタ神様が現世にいらっしゃれば、【死神】など……」

アデラールはこめかみを押さえ、激しい頭痛に耐える。この息が止まるような頭痛が始まってから十年。アデラールの主への信仰《しんこう》は、いっそう深いものとなっていた。

だが、神聖術においてはドルマンを越《こ》えることができず。アデラールはドルマンを憎《にく》みながらも、その才をずっと羨《うらや》み、手中に収めたいと考えていた。そして、それが不可能であると分かっているからこそ、彼に準ずる実力を持つフェルマータ・ルークライトが欲しかった。

（くっ……。いったい、どうすればよいのだ）

そのようにアデラールが悩んでいると、先の廊下からナギア王国の王子ケビンが現れた。アデラールの姿を見つけた彼は、主人を見つけた仔犬《こいぬ》のような表情を浮《う》かべている。

（面倒《めんどう》な者に会ってしまった）

彼が近くにいると、いつも複数の香水《こうすい》の匂《にお》いがする。何も聞かずとも、この王子があちこちを遊び回っていることが分かってしまう。

そしてどうやら彼は、母親であるジゼリアから「女遊びに惚《ほう》けているのならば、隣国《りんごく》へ武者修行《しゅぎょう》に出す。嫌《いや》ならば、真面目《まじめ》に嫁《よめ》を探せ」と叱責《しっせき》され、途方《とほう》に暮れているらしい。

「やぁ、アデラール。探していたんだ。僕の相談に乗ってほしくてね」

「なんなりと。私は殿下《でんか》の教育を任されていますからね。婚約者の選定について、でしょうか？」

アデラールが作り笑いを浮かべて言い当ててやると、ケビンは「さすがはアデラールだ」と、嬉《うれ》しそうに頷いた。

「母上がうるさくて困っているんだ。僕としては、たくさんのレディたちと交友を深めることで、彼女たちの将来性を測っているのだけれど。なかなか、蜂蜜《ハニー》ちゃんを越えるレディはいないんだ」

「はにーちゃん、とは？」

「フェルマータだよ。彼女の髪《かみ》は、蜂蜜《はちみつ》のように光り輝《かがや》いていただろう？　蜂蜜ちゃんは、美の女神《めがみ》のように美しかった。それに勇敢《ゆうかん》で気高い。頭も良くて、神聖術の扱《あつか》いにも長《た》けていたじゃないか。これほど僕に相応《ふさわ》しいレディは、そういないだろう？　けれど、彼女は呪われてしまったから……」

ケビンの言葉に、アデラールは驚《おどろ》かずにはいられなかった。三年前、フェルマータに守られておきながら、彼女をあっさりと切り捨て、どん底に叩《たた》き落とした王子の台詞《せりふ》とは思えない。まさかこの王子は、彼女にしたあの仕打ちを忘れたと言うのか……と。

だが、アデラールがそれ以上に驚いていたのは、このタイミングでケビンがフェルマータに未練を抱《いだ》いていると知れたことだった。この自己中王子も、ついに役に立つ時が来たぞと、アデラールは胸の中でほくそ笑む。

「ケビン殿下。私が『呪いを解く術《すべ》がある』と申しましたら、どうなさいますか？」

第四章　離れて、また近づいて

「ねぇ、これどう？　変じゃない？」

「変じゃないよー。フェルマータ様は何でも似合うからー」

鏡の前でくるくると回っているフェルマータに棒読みで答えるブルーナは、山ほどのワンピースやドレスを抱《かか》えて立っていた。もう飽《あ》きましたという感情が全面に溢《あふ》れ出ている。

「ブルーナが仕立ててくれたのに、なんでげんなりしてるのよ！　私は真剣《しんけん》なんだから、頼《たの》むわよ！」

「めっちゃはしゃいでるから、テンション合わせられなくて」

「ちょ……っ。相変わらず、正直ね。でもブルーナのそういうとこ、嫌《きら》いじゃないわ」

フェルマータは「むぐぐ」と唸《うな》りながら、朝からの自分を振り返り、急に恥《は》ずかしくなってしまった。

愛の日（一日目）から一夜明け、今日はヴォルフとノースト領の教会に行く日だった。

その目的は、結婚式《けっこんしき》の打ち合わせ。初回なので詰《つ》めた話にはならないかもしれないが、先に二人で外食でもしてから行こうか、という予定になっていた。

（そんなの、良い感じのカップルっていうか……。違った。もう夫婦《ふうふ》だった。けど、完全に両想《りようおも》いって思っていいんじゃない？）

「どんな顔して会ったら……。うぁ〜〜〜っ！」

「変な声出てるよ」

そわそわと落ち着かないフェルマータに突《つ》き刺《さ》さる毒舌《どくぜつ》については、気にしないことにした。なぜなら、フェルマータは愛されている実感はともかく、形で見える証拠を持っているからだ。

（【砂時計の刺青《いれずみ》】の砂が、上に溜《た》まってきてる。言葉や態度より、よっぽど分かりやすいもの……）

フェルマータは試着していた爽《さわ》やかなグリーンのワンピースをするりと脱《ぬ》ぐと、鏡に背中を映した。

かつては一粒《ひとつぶ》しか残っていなかった紅《くれない》の砂は、今では三分の二ほどが上部に留《とど》まっている状態だ。それはまさしく、ヴォルフに愛されていることを表していた。

（あんなに憎くて、見るのも嫌な刺青だったのに。嬉しい、なんて思ってしまう。だけど――）

愛されて、呪いが解ける。愛して、呪いが解ける。

それは同時に、フェルマータの生、ヴォルフの死が近づいているということだ。そのことを思うと、フェルマータは胸が不安で押し潰《つぶ》されそうになってしまう。

少し前までのヴォルフは、自分が死ぬための、あるいは死んだ後のための準備ばかりで、生への執着《しゅうちゃく》などまるでないような男だった。けれど昨夜、マフィンを美味《おい》しそうに頰張《ほおば》っていた彼の姿を思い出すと――。

（死ぬ以外の選択肢《せんたくし》を考えてくれるんじゃないかって、期待しちゃう……。だって、愛……されてると思うし）

新しく白のブラウスを着直し、鏡の前ですぅと息を吸い、静かに吐《は》き出す。

ケビンに婚約破棄《はき》され、国を追われたあの日。もう二度と恋《こい》をしたり、人を愛したりすることなどないと思っていた。

けれど、今は違《ちが》う。

（結婚式を挙げる前に、ヴォルフに私の気持ちをちゃんと伝えよう。これからもそばにいたい。愛しているから、一緒《いっしょ》に生きる方法を探してほしいって――）

「さて。服も決まったし、ちょっと町をぶらついてからお店に行くことにするわ」

散々悩《なや》んだ結果、白のブラウスにブルーの編み上げスカートを選んだフェルマータは、鏡の前で「うん！」と頷《うなず》いた。

ヴォルフとは、店の前で待ち合わせる約束をしていた。一緒に家から出掛《でか》けるよりも、その方がよりデートっぽいという彼からの提案だった。以前のフェルマータであれば、

「いい大人がそんな子どもっぽい理由で待ち合わせって……」と、鼻で笑っていたかもしれない。けれど今日は、素直《すなお》に首を縦に振《ふ》ったのだった。

（待ち合わせるのって、ちょっとドキドキするかな……、みたいな）

ケビンと交際していた時は、いつもフェルマータが彼を王城まで迎《むか》えに行っていたので、実はデートの待ち合わせは今回が初めてだ。

早くもそわそわが止まらないフェルマータを、ブルーナは微笑《ほほえ》ましそうな顔で見つめていた。

「ここに来たばっかのフェルマータ様より、今のフェルマータ様の方が好き。いい顔してる」

「な、何よ。急に……っ」

ブルーナの唐突《とうとつ》なデレに戸惑《とまど》うフェルマータだったが、自分自身、屋敷《やしき》に来てからの変化に心当たりがないわけではなかった。少なくとも、呪《のろ》われてからの三年間、そして呪われる以前よりも、生きている実感や充足感《じゅうそくかん》は何倍もあった。

「行ってくる。……お土産《みやげ》買ってくるから」

照れながらもクールぶるフェルマータは、ひらひらと手を振るブルーナに見送られ、屋敷を後にしたのだった。

ノースト領の町は、今にも雪が降り出しそうな天気だった。冷たい空気の中にずっしりと重たい水気を含《ふく》んでいるかのような感じがして、もしかしたら食事が終わる頃《ころ》には、雪が降り出しているかもしれないと、フェルマータは灰色の空を黙《だま》って見上げた。

（ヴォルフ、傘《かさ》持ってきてくれるかしら。いや、持って来ないわね。あいつ、傘差さずに濡《ぬ》れに行くタイプだわ）

なんならきっと、雨が降ろうが雷《かみなり》が落ちようが、さらに槍《やり》が飛んで来ようが、彼が天災を防ごうとすることはないだろう。あの死にたがりの癖《くせ》をどうにかしたいものだと、フェルマータは呆《あき》れたため息を吐き出しながら、クスリと笑った。

そんなことを考えながら、フェルマータが町を散策していると――。

「フェルマータ様、お出掛けですか？」

中央通りに面した装飾店の店主に声を掛けられ、フェルマータはくるりと振り返る。商店の店主たちともすっかり顔なじみだ。

「ええ。後から夫と合流して、食事に」

「いやぁ、それは素敵でございますね」

店主にお世辞でも素敵と言われ、フェルマータはにょによと頬《ほお》が緩《ゆる》んでしまう。ヴォルフのことを「夫」と呼ぶことも、今日はなんだかむず痒《がゆ》い。

そして、ご機嫌《きげん》なフェルマータは店の中をちらりと覗《のぞ》き、「男性ものの商品ってあります？」と店主に尋《たず》ねたのだった。

本日のランチは、各地を転々と旅しているという料理人の店を予定していた。有名なベーカリーカフェらしく、彼らがノースト領に来るのをずっと待ち望んでいたというレドリックが、今朝即行《そっこう》で予約してくれたのだ。

なんだかんだノースト領に来てからの外食は、ヒューゴとリリアンをとっちめたあの酒場と、シェスカとこれまたリリアンとの被呪院《ひじゅいん》での二回だけだったので、実はフェルマータもかなり楽しみにしていた。それもこれも、レドリックとフェルマータの料理が美味しすぎるせいだ。

ブレンネル屋敷での食事は、フェルマータとヴォルフ以外の者――レドリックやブルーナ、時間が合えばジョバンニも共に食べることが多かった。レドリックとジョバンニは領主夫婦の食事に自分たちが同席するわけにはいかないと、初めは抵抗《ていこう》していたのだが、フェルマータの説得（脅《おど》し）で同席するようになった。

本人は口には決して出さないが、ヴォルフがハーマイン兄妹《きょうだい》のことを大切に思っていることは分かっていたし、不摂生《ふせっせい》なジョバンニに食事を摂《と》らせなければと考えた結果だ。ちなみに、ブルーナが皆《みな》で食事をすることに遠慮《えんりょ》の欠片《かけら》も見せなかったことは、さすがの一言である。

（みんなで食べた方が、ご飯は美味しいもの）

ヴォルフの物騒《ぶっそう》な発言も、レドリックの生真面目《きまじめ》なつっこみも、ブルーナの無礼な態度も、ジョバンニのふざけた物言いも、フェルマータは好きだった。好きになっていた。

いつの間にか、ノースト領での日々が楽しくて、掛け替《が》えのないものになっていること に気が付くと、ますます死にたくないと思ってしまう。

（このお店、いつまでノースト領でやってるのかしら。美味しかったら、みんなも連れて来てあげたい……）

もうすぐ待ち合わせの時間だからと、ベーカリーカフェの前でヴォルフを待つフェルマータは、ずっとそわそわと落ち着かない。バッグの中の白い小箱をちらりと見ては、目を逸《そ》らし。またちらりと見ては、目を逸らし。

（大丈夫《だいじょうぶ》……。大丈夫よ！　重くないわよ！　結婚《けっこん》指輪じゃないんだから！）

うんうんうんうんと、自分に頷きかけるフェルマータ。見ていた小箱の中身は、先ほどの装飾店で購入《こうにゅう》した指輪だった。黒色のシンプルな指輪で、店主に「イマドキの男性は、気軽におしゃリングを着けますから～。領主様にプレゼントなさっては？」と勧《すす》められ、あれよあれよという間に買ってしまっていた代物《しろもの》だ。

その時は、ヴォルフには私がお洒落《しゃれ》を教えてあげないと……！　とフェルマータはかなり意気込んでいた。だが、冷静になると指輪は指輪だ。ペアリングではないものの、結婚式の打ち合わせの日にそんなものをプレゼントしたとなると、ガチ恋度マシマシは逃《のが》れられない。圧倒的《あっとう》にフェルマータが惚《ほ》れている感が出てしまう。やはり、プレゼントとしては非常に存在が重い。

（はぁぁぁ～……。あいつ、もらってくれるかな。っていうか私、ちゃんと渡《わた》せる？　指輪ってどう渡すの？　箱をパカッてやるの？）

それはケビンがやりそうな寒い行為《こうい》なので、やらないとして。

（えぇい！　せっかく二人っきりになるんだし、コレを華麗《かれい》にプレゼントして、言いたいこと全部言ってやるわよ！　フェルマータ様は美女だけど、イケメンなのよ！）

ヴォルフの物騒なプロポーズよりも、ずっとロマンティックで思い出に残るものをやってやろうと、フェルマータは再び白い小箱に視線を落とす。

こんなにドキドキして、こんなに緊張《きんちょう》しているのは、生まれて初めてかもしれない。どうか上手《うま》くいきますようにと願いながら、フェルマータは冷たくなった指先をすりすりと擦《こす》り合わせていた。

しかし――。

待ち合わせの時間から、五分が過ぎ、十分が過ぎ。予約時間を過ぎてはいけないと思い、先にベーカリーカフェに入って待つも、時間だけが過ぎていく。

若い女店主に「後に予約は入っていないので、お連れ様をお待ちしましょう」と気を遣《つか》ってもらったものの、一時間経《た》ってもヴォルフは現れなかった。

「大丈夫ですか？」

女店主に心配そうに声を掛けられ、フェルマータは「ご迷惑《めいわく》を掛けてしまって申し訳ありません……」と言って頭を下げた。

「仕事が押してるのかも。絶対午前で切り上げるって言ってたんですけど、思ってたより量が多かったのかもしれないし。もしかしたら、急な来客とかかもしれないし。ごめんなさい。……もう少しで来ると思うので」

自分を安心させるような理由を並べ立てながら、フェルマータはぎゅっとバッグを抱《だ》きしめていた。

（あいつ、どうして来ないの？　二人で約束したのに……。浮《う》かれてたのは、私だけ……？）

気を抜《ぬ》くと、子どもじみた寂《さび》しさが溢《あふ》れ出しそうになってしまう。柄《がら》にもなくはしゃいで、指輪まで買ってしまうなんて。フェルマータが「早く来てよ……」と泣き出しそうな顔で俯《うつむ》いていると――。

カランカランと店のドアベルが鳴り、フェルマータはハッと顔を上げてそちらを振《ふ》り返った。

「遅《おそ》いわよ！　どれだけ待ったと思って……」

ホッとした気持ちと嬉《うれ》しい気持ちを隠《かく》し、厳しい言葉で出迎《でむか》えた――のだが。

店に入って来たのは、フェルマータの待ち人――ヴォルフではなかった。

「フェルマータ様！　屋敷《やしき》に戻《もど》って……！」

はぁはぁと息を切らせながらそう叫《さけ》んだのは、ブルーナだった。この寒い中、防寒具も着けずに、メイド服のままで走って来たらしい。彼女の珍《めずら》しく必死な表情に、フェルマータは嫌《いや》な胸騒《むなさわ》ぎを感じずにはいられなかった。


屋敷に舞《ま》い戻ったフェルマータは、ブルーナに連れられ、ヴォルフの執務《しつむ》室の前にやって来た。

屋敷で何があったのか、道中ブルーナは教えてはくれなかった。彼女は終始硬《かた》い表情のまま、「私からは言えない」の一点張りだったのだ。

いったいどんなトラブルが起きたのだろうかと、フェルマータが不安を感じながら、ドアに近づくと。

「ヴォルー――」

「この俺を騙《だま》していたのか！　ジョバンニ！」

ドアをノックする寸前、室内からヴォルフの怒鳴《どな》り声が聞こえ、フェルマータはびくっとその手を止めた。

「ヴォルフ様！　落ち着いてください！」

「……俺は俺の仮説を言っただけだよ。騙すってなんだい？　何が違《ちが》うっていうわけ？」

「違うも何も、それではこれまで俺とフェルがしてきたことは……！」

ヴォルフが怒《いか》り、レドリックが止めに入り、ジョバンニが反論している。

自分の名前が出て来たことはもちろん、ヴォルフとジョバンニの会話が微妙《びみよう》に嚙み合っていないことや、その温度差に違和感《いわかん》があり、フェルマータの胸はざわついた。このままここで立ち聞きしていたら、何かとても恐《おそ》ろしいことを知ってしまいそうで、手の震《ふる》えが止まらない。

けれど、逃《に》げ出すこともできない。この部屋の中で話されていることは、きっと自分に関《かか》わる重大な事実だろうから。

そして、ヴォルフの言葉にフェルマータは息が止まりかけた。

「解呪の条件が愛ではなかったなど、フェルにどう伝えれば――」

（え……。今、なんて……？）

呪《のろ》いを解くには、相性《あいしよう》の合った被呪者が愛し合う必要がある。この背の刺青《いれずみ》は、愛によって砂量が回復していく――。そう聞いていたはずだった。

「愛、じゃない？」

フェルマータの青い瞳《ひとみ》がぐらりと揺《ゆ》れる。そして、ヴォルフが何を言っているのかまったく分からず、ただただ呼吸が苦しい。

（なんで……？　じゃあ、私の【砂時計の刺青】は――）

「フェルマータ様！」

がくんと膝《ひざ》の力が抜けてしまい、その場にへたり込んだフェルマータをブルーナが支えていると――。

「……フェル！」

ブルーナの声に気が付いたのか、ヴォルフが内からドアを開けた。その顔は険しく、そして青ざめていた。

「聞いていたのか」

「ごめん……。聞こえちゃって……。今の、どういう意味？」

フェルマータはヴォルフを見上げ、震えながら尋《たず》ねる。

すると、ヴォルフは「こういう意味だ」と、フェルマータの手首をぐいと掴《つか》み、自らに引き寄せるようにして立たせた。

フェルマータの背中と、ヴォルフの右手甲《こう》に揺らめく蒼炎《そうえん》――。それを悲しそうに見つめて、ヴォルフは重いため息を吐《は》き出しながら、手を放す。

「俺とフェルの呪いは、身体接触《せっしょく》により相殺《そうさい》され、解けていく。そうだな、ジョバンニ？」

「そうそう。もちろん、相性のいい呪《のろ》い持ちの二人が……だけどね。おっさん、さっきからそう言って……」

ジョバンニの視線が、ヴォルフからフェルマータに移る。目にいっぱいの涙《なみだ》を溜《た》めて、立ち尽《つ》くしているフェルマータに。

「ごめ……。もしかして、まずいこと言ったのかな。フェルちゃん、なんで泣いて……。あ……」

動揺《どうよう》し、頭を抱《かか》えてソファに座り込むジョバンニは、「俺が、何か忘れたってことだね……」と弱々しくつぶやいた。誰《だれ》もそうだとは明言しない。けれど、その沈黙《ちんもく》が肯定《こうてい》となっていた。

「ジョバンニ、教えて……。さっきみたいに、腕《うで》を摑まれてるだけで、呪いが解けてるってこと？　愛が必要っていうのは、嘘《うそ》だったの……？」

フェルマータがためらいがちに尋ねると、ジョバンニは項垂《うなだ》れたまま話し出す。

「……俺の仮説はさ、死の呪いと不老不死の呪いが、触《ふ》れ合った部分を介《かい》して、互《たが》いを食《く》らい合っていくってやつ。理論上、愛なんて不確かなものは必要ない。極論を言うと、相性のいい二人が四六時中手でも繫《つな》いでいたら、互いの呪いが解けていくはずなんだよ

「……」

「そんな……」

フェルマータは言葉を失ってしまう。けれど思い返してみれば、解呪《かいじゅ》の蒼炎が燃えていた時は、いつもフェルマータとヴォルフは触れ合っていた。無理矢理担《かつ》ぎ上げられていた時も、ふらつくのを支えてくれた時も、手を繋いだ時も――。

どうして。

記憶《きおく》が欠落したジョバンニにその言葉をぶつけることができず、フェルマータは先ほどヴォルフに掴まれた手首に黙《だま》って視線を落とした。ヴォルフのひんやりとした手に握《にぎ》られた感覚がまだ残っていて、それが解呪と繋がっていたことが信じ難《がた》くて堪《たま》らなかった。

「ジョバンニ博士は悪くありません。責を負うのはこの私です」

フェルマータが沈黙すると、静寂《せいじゃく》を破るかのようにレドリックが前に進み出た。ブルーナに軽蔑《けいべつ》の目を向けられながらも、彼はヴォルフとフェルマータに向かって深く深く頭を下げる。

ヴォルフの眉《まゆ》がぴくりと動き、レドリックを鋭《するど》く睨《にら》む。

「貴様、どういうつもりだ。何のために欺《あざむ》いた？」

「無論、あなた様の呪いを解くためです。私がジョバンニ博士に依頼《いらい》しました。王都で居場所のなくなった博士に、研究場所と材料を提供することと引き換《か》えに――。真の解呪の条件を伏《ふ》せ、ヴォルフ様とフェルマータ様の契約結婚《けいやくけっこん》を見守ってほしいと。残念ながら、博士は私との契約を忘れてしまわれたようですが」

「レドちゃん、ごめん……」

謝るジョバンニにレドリックは「博士のせいではありませんよ」とにこやかに頷《うなず》く。しかし、主君であるヴォルフは穏《おだ》やかではなかった。

「レド！　俺は欺いた理由を訊《き》いている。本来、婚姻《こんいん》など不要だったのだろう！　なぜ、謀《はかりごと》に及《およ》んだのだ！」

「――ヴォルフ様を孤独《こどく》からお救いしたかった」

レドリックの声が、張り詰《つ》めた空気で満ちた執務室に響《ひび》く。

「二百年老いず死なず。多くの者を看取《みと》り、この世に残され生きるあなたは、いつの間にか他者を拒《こば》むようになられました。そして、ご自分が生きていることが間違いであると語り、死ぬことを常に望まれていた。私がどれだけそれを否定しようとも、あなたはそれを受け入れなかった……！」

「貴様に俺の何が分かる！」

「分かりませんよ。生き続ける苦しみなど、短い生しか持たぬ私には。……ですから、これは私のエゴ。あなたには、最期《さいご》は笑っていてほしい。愛する人に看取られて、幸せな人生だったと思ってほしい――。剣《けん》を捧《ささ》げた主の幸せを願うのは、おかしなことでしょうか」

「レド……！」

ヴォルフはレドリックの胸《むな》ぐらを摑むと、今にも殴《なぐ》り掛《か》かりそうな剣幕で彼を睨みつけた。これまでにない怒りようだが、レドリックは覚悟《かくご》を決めているのか怯《ひる》むことはなかった。

「あなたを欺いた私を軽蔑しましたか？　私は本来、自分勝手な性分なのですよ。勝手に忠誠を誓《ちか》い、勝手に仕え、勝手にあなたの幸せを創《つく》ろうとした。フェルマータ様をちょどいいモノのようにあなたに娶《めと》らせ、そばにいるように仕向けたのもそうです」

「……もういい。十分だ」

抑揚《よくよう》のない声で淡々《たんたん》と語るレドリックに舌打ちをすると、ヴォルフは彼を突《つ》き飛ばすようにして手を離《はな》した。すぐにブルーナが兄のもとへと駆《か》け寄るが、ヴォルフは眉間《みけん》にしわを寄せて一瞥《いちべつ》しただけだった。

「レドが何を思い、ジョバンニを唆《そそのか》し、フェルを俺に宛《あ》てがったかなど、どうでもいい。俺の幸福は俺が決める」

ヴォルフは乱暴な口調でそう言うと、その場に立ち尽くしていたフェルマータの手を再び強引《ごういん》に摑んだ。

「フェル」

「ヴォルフ……」

フェルマータの心臓は、ヴォルフに手を握られ、目を見つめられ、ドクンと跳《は》ね上がる。たとえこの契約結婚が偽《いつわ》りによるものだとしても、芽生えた気持ちは本物だと……。そう言ってくれると信じて、フェルマータは口を開きかけるが――。

「動かずにいろ、フェル」

「え……」

揺らめく蒼炎の熱さが、フェルマータの期待を焼き落とす。

「待って。さっきの聞いてたでしょ？　触れてるだけで、呪《のろ》いが解けるのよ？　まさかここで今、呪いを解こうなんて思ってるんじゃ――」

「あぁ、そうだ。過程はどうあれ、解呪の方法が分かったのだ。実行せぬ理由はないだろう。何故《なぜ》ためらう」

「だって……、呪いが解けたら、あんたが死んじゃうじゃない！」

思わず、感情的な声が出た。フェルマータは、無理矢理ヴォルフの手を振《ふ》り払《はら》おうとするが、力で彼に敵《かな》うはずがなく、蒼《あお》い炎は燃え続けている。

「俺が死ぬことに何の問題がある？」

ヴォルフが本気でそう思っていることを悟《さと》り、フェルマータの胸に槍《やり》で刺《さ》されたかのような痛みと衝撃《しょうげき》が走る。

（ヴォルフの幸福は死ぬこと――。ヴォルフは、死にたいままなんだ。好きだから一緒《いっしょ》に生きてくれるんじゃないか……なんて思って、馬鹿《ばか》みたい。愛されてると思い込んで、自《うぬ》惚《ぼ》れて、期待して……。私は……）

「この死にたがり！　私を死ぬための道具にしないで！」

フェルマータは摑まれたままの手に神聖力を込めると、強引にヴォルフを振り払い、バッグを投げ付け、部屋を飛び出した。

（私はヴォルフに死んでほしくないのに……！　でも、ダメ。私じゃ、あいつの生きる理由にはなれなかった――）

ヴォルフが「待て！」と叫《さけ》べども、フェルマータが振り返ることはなかった。

⌛

「はぁ……」

ノースト領の町にある石橋の上。冷たい水の流れる川を見つめながら、フェルマータは重いため息をついていた。

（レドリックは悪役を演じてたけど、本当は違《ちが》うはず。彼は、ヴォルフのことを誰よりも思ってるんだから。ジョバンニにも、悪意なんてない。いつも誠実に解呪に協力してくれていたもの。ヴォルフだって――)

「初めから、死にたいって言ってた……」

声に出してみると、虚《むな》しさがいっそう増してしまう。

誰も悪くない。フェルマータが契約結婚を承諾《しょうだく》した時から、一つの結末――ヴォルフの死とフェルマータの生に向けて、皆《みな》がそれぞれの思いを持って動いていた。その中で心に変化があったのが、フェルマータだけだったという話だ。

(これじゃあ、私、ただのヒステリック女だわ……)

けれど、そのことを分かっていても。

石橋の手すりに涙《なみだ》がぽたぽたと落ち、フェルマータは「うぅ……」と嗚咽《おえつ》を堪《こら》える。

(失恋《しつれん》した時は、指輪を橋の上から川に投げるって、ロマンス小説で読んだ……)

けれど、手元に指輪はなく。先ほど町で購入《こうにゅう》した黒色の指輪は、どうやらバッグごと屋《や》敷《しき》に置いてきてしまったらしい。

「もうヤだ」

涙を拭《ぬぐ》っても、拭っても追い付かない。フェルマータはぎゅっと手を握《にぎ》りしめ、橋の手すりをドンと叩《たた》く。しかし、手にじんじんと広がる痛みより、胸の痛みの方が遥《はる》かに上だった。

(私だけ、好きになるなんて。私だけ、一緒に生きてほしいと思うなんて。私……)

「愛されたかった——！」

「愛しているよ」

フェルマータの慟哭《どうこく》をかき消すように、甘い声が降って来た。そして、背中からふわりと優《やさ》しく抱《だ》きしめられ——。

フェルマータは、ざわわと走る嫌悪感《けんおかん》に「ぎゃっ！」と短い悲鳴を上げた。

「『ぎゃっ』だなんて、品のない歓声《かんせい》だね。以前の君なら、『きゃ♡』と可愛《かわい》い声で鳴いてくれたじゃないか。ねぇ、蜂蜜《ハニー》ちゃん」

「誰《だれ》が蜂蜜ちゃんよ！」

フェルマータが勢いよく振り返ると、そこには煌《きら》めく銀の髪《かみ》の青年が立っていた。長いまつげに縁取《ふちど》られたエメラルド色の瞳《ひとみ》は、まるで宝石そのもの。甘いマスクに優しい声は、誰もが虜《とりこ》になるような、隅《すみ》から隅まで麗《うるわ》しい美青年だ。

その人をフェルマータが忘れるわけがなかった。彼は、フェルマータの人生の汚点《おてん》そのもの。引くほど裏表のある性格で、溺愛《できあい》していたフェルマータのことを呪いを機にばっさりと切り捨てた、通称《つうしょう》【銀の王子】——ケビン・ナギアスだった。

「どうしてケビンがここに!?」

「あれ？　君は僕のこと、ケビン様って呼んでいなかった？」

「最悪な裏切り方をした人に敬称《けいしょう》を付ける理由ある？」

　フェルマータはケビンをキッと睨《にら》みつけると、彼の手をあっさりと振り払った。

　しかし、当のケビンはフェルマータの怒《いか》りの理由にピンと来ていないらしく、不可解そうに首を捻《ひね》っている。

「僕が裏切った？　それは寧《むし》ろ君だろう、蜂蜜ちゃん。君が呪いなんて受けてしまったから、僕は婚約破棄《こんやくはき》や役職解雇《かいこ》の決断をせざるを得なかったんだ。まったく……。君のせいで、どれほど僕が迷惑《めいわく》したと思っているんだい」

（こいつ、マジで何言ってんだ）

　先ほどまでの乙女《おとめ》の涙が一瞬《いっしゅん》で引っ込んだ。フェルマータは、ケビンの主張を何一つ理解することができず、思わず顔を引き攣《つ》らせてしまった。

「私はあなたを庇《かば》って呪われたんですけど……？」

「違うさ。【死神】は君を狙《ねら》っていた。君は無意味に僕をボートから突き落として、溺《おぼ》れかけさせただけ。庇っただなんて、勝手に美談にしないでほしいよ」

「は……？」

　引き攣った顔が戻《もど》らない。自分がかつて恋《こい》をした相手は、これほど話の通じない人だったのかと思うと、情けなくて堪《たま》らなくなってしまう。自分を中心に考えているにもほどがある。

　けれど、ケビンにはフェルマータのそんな感情は何一つ伝わらず、彼は機嫌《きげん》よく語り続ける。

「今日、僕は君が欲《ほっ》してやまない話を持って来たんだ。なんだと思う？　きっと驚《おどろ》くよ」

「早く言って帰りなさいよ」

「せっかちだね。蜂蜜ちゃんは。なんとね……、なんとぉ……」

無視しても面倒《めんどう》くさくなりそうだと思ったフェルマータがケビンを急《せ》かすと、彼は満面の笑《え》みで発表を溜《た》めに溜め、そして大発表するに至った。

「なんと、君の忌々《いまいま》しい呪いを解く方法があるらしいんだ！　教会に解呪の秘術があるんだって」

ケビンの勝ち誇《ほこ》ったドヤ顔は腹立たしかったが、その言葉にフェルマータは戸惑《とまど》いを隠《かく》せない。【死神】と王国の歴史の中で、そのような秘術の存在など、一度も聞いたことがなかったからだ。

「解呪の秘術？　そんなものがあったら、被呪者《ひじゅしゃ》なんて一人もいなくなってるわよ。それ、誰から聞いたの？」

「アデラールだよ」

フェルマータは、懲《こ》りずにまた触《ふ》れようとしてきたケビンの手を再び払い除《の》けながら、ふぅむと思考を巡《めぐ》らせた。

アデラールはケビンの教育係を兼任《けんにん》する大司教。たしかに彼は解呪の研究にも尽力《じんりょく》していたが、そのような秘術がいつの間にか完成していたというのか。それとも実験段階なのか……。

「その秘術のやり方だけ教えてもらえないかしら。使うかどうかは私が決めるし」

「蜂蜜ちゃん。なんだかキャラが図々《ずうずう》しくなってないかい？」

「前からこんな感じよ」

秘術の情報を持ち帰り、ジョバンニにきちんと検証してもらい、もし有用性が証明されれば、きっと多くの被呪者を救うことができるだろう。それに、ヴォルフも――。

（私なしでも呪《のろ》いを解いて死ぬことができるって、喜ぶのかしら……）

嫌《いや》なことを思い出してしまった。胸が重く、ズキズキと痛み、フェルマータは泣きそうな顔で沈黙《ちんもく》してしまう。

けれどケビンは、やはりそんなフェルマータには気づくはずがなく――。

「ねぇ。蜂蜜ちゃん」

俯《うつむ》いていたフェルマータの顎《あご》に指を添《そ》えると、強引《ごういん》にグイと自分の方を向かせ、耳元で甘くソレを囁《ささや》いた。

「君の呪いを解くから、生きて、僕のお嫁《よめ》さんになってよ」

二度目のぞわにフェルマータは震《ふる》え上がってしまう。けれど、今回ケビンは逃《に》がしてはくれなかった。

　ケビンはフェルマータをぎゅっと抱き締《し》めながら、蜂蜜《はちみつ》色の髪をくるくると弄《もてあそ》ぶ。

「呪いを解くのは君だけだ。アデラールは君のために特別に秘術を使うと言っていたからね。で、君の死の呪いを解いたら、もう何の障害もない。元々、君が身寄りのない貧しい平民であることは我慢《がまん》していたし、それは今さらだ。優秀《ゆうしゅう》で美しい君が、穢《けが》らわしい被呪者でなければ受け入れてあげるから。ね？　いい話だろう？　僕と一緒《いっしょ》に来てよ」

　なんて自己中心的で恩着せがましい提案だろうか。人を見下すのも大概《たいがい》にしろ、とフェルマータは叫びたくなる。

「人を見下すのも大概にしろ！　このナルシスト王子！」

　気が付けば、心の声が飛び出していて、ケビンは相当面を食《く》らった様子だった。目がテンになり、口を魚のようにパクパクさせている。

　相手が黙《だま》っているとなると、フェルマータは止まらなかった。

「無理無理無理。全部無理！　なんであんたみたいな自己中ナルシストに惚《ほ》れてたのか、ほんっとうに分からない。自分が恥《は》ずかしい。放して！　もう関《かか》わらないで！」

　怒りを通り越《こ》して、呆《あき》れ返ってしまう。思わず、変な笑いが漏《も》れてしまう。

　そして、フェルマータは心の底から思った言葉を口にした。しかも笑顔で。

「よかった。あんたが本物のクズ王子で。変な未練、持たなくていいし。結婚しなくて、本当によかった」

フェルマータの口撃《こうげき》に、ようやくケビンの思考が追い付いたらしい。その瞬間、彼の手が怒りで振《ふ》り上がった。

「いい加減にしろ！　被呪者のくせに……！　君みたいな傲慢《ごうまん》女なんて、誰が愛するもんか！」

「いいわよ！　誰からも愛されなくったって。あいつから愛されないなら、もう――」

フェルマータは、やけくそになって叫《さけ》ぶ。もはや、自暴自棄《じぼうじき》だった。ぶたれることを覚《かく》悟《ご》して、目をつぶり、身構えたフェルマータだったが――。

「俺がいる。俺がフェルを愛している」

すぐそばで、愛《いと》しい人の声がした。

（え……）

フェルマータが顔を上げると、ヴォルフがケビンの腕《うで》を掴《つか》み、ぐいと頭上で強く捻り上げていた。

「俺の妻から離《はな》れてもらおう」

「いだだだだぁッ！　何をする！　僕はナギア王国の王子だぞ！」

大袈裟《おおげさ》に痛がるケビンを冷めた目で見つめるヴォルフは、「だからなんだ」と、彼の腕をさらに捻り上げる。

「俺は貴様と違《ちが》い、愛した者は決して手放さん」

ヴォルフはきつく言い捨てると、ケビンを乱暴に蹴《け》り飛ばした。

橋の手すりに激突《げきとつ》し、「ぐぁぁっ」と苦しそうに蹲《うずくま》るケビンは、痛みと屈辱《くつじょく》で顔を真っ赤にしている。人に腕を捻られ、さらに蹴られるなど、彼は生まれて初めてだったに違いない。

しかし、ヴォルフの関心はあっという間にケビンから外れ――。

「無事か。フェル」

ヴォルフはフェルマータに怪我《けが》がないことを目視で確認《かくにん》すると、「帰るぞ」と手を差し伸《の》べて来た。けれど、その手を取ることをフェルマータはためらってしまう。嫌でも目に入る【砂時計の刺青《いれずみ》】が見せるものは、ヴォルフの命の残量なのだから。

「やっぱり、私のことを愛してるなんて嘘《うそ》よ。触れたら、呪いが解けていく……。大切な人を置いて死のうとしてるあなたの語る愛なんて、本当の愛じゃない……！」

感情が抑《おさ》えきれずに叫ぶフェルマータを見て、ヴォルフはハッとしたようだった。屋敷《やしき》での出来事を思い出したのか、「そうか……」と小さくつぶやくと。

「俺には本当の愛というものの理解が難しい。だが、今の俺の幸福は一つだけ――。フェルに笑顔でいてほしい……。それは、たとえ俺が愛されていなくとも、生きてすらいなくともかまわないと思っていた。生きていれば、お前は自らの手で幸せを勝ち得ることができる強い女だ。ならば俺にできることは、お前を生かすことしかないだろう」

「だから、さっきすぐに呪いを解こうと？　私のために……？」

ヴォルフの金色の隻眼《せきがん》が優《やさ》しく細められ、フェルマータを見つめていた。言葉足らずで不器用な彼の想《おも》いは、その瞳《ひとみ》から溢《あふ》れている。

「死の影《かげ》に怯《おび》える日々から、フェルを救えるのは俺だけだ。お前は気丈《きじょう》に振る舞《ま》っていたが、度々《たびたび》悪夢に魘《うな》されていることは知っていた。【死神】に呪いを刻まれ、恋人《こいびと》に裏切られ、国から存在を貶《おと》しめられた苦しみから解き放たれるには、やはりその刺青を消し去らなければと――」

「何も言わないから、バレてないと思ってたのに……。寝顔《ねがお》見てんじゃないわよ……」

声が喉《のど》で詰《つ》まり、フェルマータはぎゅっと唇《くちびる》を引き結ぶ。

（ヴォルフは、私の幸せを願ってくれていた。一番近くで、誰《だれ》よりも。なのに、私は……）

伝えなければ。自分の気持ちを。

フェルマータは拒絶《きょぜつ》されるかもしれない恐怖《きょうふ》を振り払《はら》い、一生分の勇気を言葉に換《か》える。

「ヴォルフ。私の幸せは、もう、ただ生きることだけじゃないの」

初めて会った時は、物騒《ぶっそう》なプロポーズが怖《こわ》くて逃げ出した。

契約結婚《けいやくけっこん》の条件を聞いた時も、都合よく利用してやろうと思った。

もう誰も愛するつもりはなかったし、愛したくもなかった。

けれど。

「あなたを知るうちに、放っておけなくなって。だって、不器用なくせに何でも一人で背負い込むんだもの。死にたがりだし、治療《ちりょう》もしないし、食べないし、寝ないし、悪口も言われ放題だし。恋愛音痴《れんあいおんち》だし」

「む……。酷《ひど》い言われようだ」

「ふふ。だけどね」

フェルマータは、決まりが悪そうな顔で頭を掻いているヴォルフの目を真正面から見つめた。凛《りん》と輝《かがや》く碧眼《へきがん》は、ヴォルフの金の隻眼を逃がさない。

「あなたとの呪《のろ》われた結婚が、私を変えた。今は一人で生きることに意味なんてないと思えるくらい、私はあなたのことが大好き。愛してる……！」

ヴォルフの目が大きく見開かれる。

そして──。

キィィィンと乾《かわ》いた金属音が響《ひび》く。神速で抜《ぬ》かれたヴォルフの長剣《ちょうけん》が、銀製の魔法剣《まほうけん》を弾《はじ》き返したのだ。

「えぇい！　王子の僕を無視してイチャイチャと……！　許……サ……ナイ……！」

魔法剣を構えたケビンが、フェルマータとヴォルフを憎々《にくにく》し気に睨《にら》んでいる。だが、急に瞳の光がぼんやりと濁《にご》り、発される言葉がぎこちなくなっていた。まるで、人形にでもなったかのように。

「何か変だわ。様子がおかしい……」

「王子の言動がおかしいのは、いつものことではないのか」

「まぁ、それはそうなんだけど」

ヴォルフの発言をさらりと肯定《こうてい》したものの、フェルマータはケビンの異状を見逃《みのが》すことはできなかった。

彼の魔法剣は、王族や貴族といった一部の素質のある者にしか扱《あつか》うことができない。それは、体内で魔力を生成できる者という意味であり、フェルマータに備わっている神聖力とは異なるものだ。その性質の違いを感じ取ることは、フェルマータにとっては容易なことだった。

だからこそ。

「あの魔法剣、ケビンの魔力以外の力――神聖力が込められてるわ。それも、持ち手の精神を蝕《むしば》むほどの」

強すぎる信仰心《しんこう》がその人の本質を変えてしまうのと同じで、強い神聖力は他者を操《あやつ》ることができる――。そんな禁術があるのだと、フェルマータは昔ドルマンから教えられていた。このような芸当が可能なのは、神聖術に秀《ひい》でている者に違いなく――。

ケビンは焦点《しょうてん》の合わない目で、「フェルマータ・ルークライトヲ連レテ行ク。フェルマ

ータ・ルークライトヲ連レテ行ク……」と、如何《いか》にもヤバそうな台詞《せりふ》を連呼しているでは
ないか。

「うむ。洗脳の類《たぐい》か？　いいだろう。フェルマータはルークライトではなく、ブレンネル
姓《せい》であると、その身に刻みつけてやる」

「待って！　私に任せて。……ケビンの洗脳は、私が解く」

長剣を構えようとしたヴォルフを制し、フェルマータはずいと前に進み出た。

ケビンはフェルマータの姿を近くに認めると、「呪イヲ解イテ、僕ノオ嫁《ヨメ》サンニ……」

と、うわ言のような言葉を口にしながら、魔法剣に魔力を溜《た》め始める。

（ケビン……。馬鹿《ばか》だから、アデラール様に利用されたのね）

きっと今頃《いまごろ》、王都にいるはずのアデラールは、ケビンがフェルマータを連れて来るのを今か今かと待ち詫《わ》びていることだろう。理由は分からないが、アデラールはケビンを騙《だま》し、操ってでもフェルマータに会いたいらしい。

（それは後日のお楽しみにするとして――）

フェルマータは、ぐっと拳《こぶし》を握《にぎ》りこむ。

一目見ただけで、その美しい容姿を好きになったあの日。

甘くてキザな台詞製造機な彼の言葉を録音したいと思ったあの日。

護衛と称《しょう》して浮《う》かれたデートをしまくっていたあの日。

蜂蜜《ハニー》ちゃんと呼ばれることが幸せだったあの日。

フェルマータは、哀《あわ》れみを帯びた優しい視線をケビンに向けると――。

「さようなら、黒歴史！　ノーストの川に沈《しず》めぇぇいっ！」

神聖力でギラギラに光る拳が魔法剣を吹《ふ》き飛ばし、ケビンの顔面に炸裂《さくれつ》すると、彼を勢いよく橋から川へと突き落とした。ボシャンッという音と共に大きな水しぶきが上がり、冷たい水に「ひやぁぁ！」と悲鳴を上げてもがくケビンの姿が、フェルマータの目に映る。とても無様に、滑稽《こっけい》に。

「元婚約者の王子に対して、手荒《てあら》いな」

「大丈夫《だいじょうぶ》よ。ケビン、泳ぐのは上手《うま》いの。【死神】に襲《おそ》われた時も、池ですいすい泳いでたし。……まぁ、お咎《とが》めなしとはいかないかもしれないけど、前の王様と違《ちが》って、ジゼリア女王陛下は聡明《そうめい》なお方だから。ケビンより、私の弁明を信じてくれる確信があるわ。アデラール様のこともジゼリア様に報告すれば、すぐに動いてくださると思う」

フェルマータはジゼリアに叱《しか》られるケビンと、縄《なわ》でぐるぐる巻きにされているアデラールを想像してくすくすと笑い、そして――。

「ねぇ、ヴォルフ。私は過去にケジメを付けた。……あなたにも過去じゃなくて、未来を見てほしい。私と一緒《いっしょ》に」

真正面から、ヴォルフを見つめた。フェルマータはもっと恥《は》ずかしくて顔も上げられなくなるのではないかと思っていたが、想像よりずっと、すっとその言葉を口にすることができた。

「私、愛する人と生きたい」

「俺は……」

ヴォルフが口を開きかけた時だった。

凍《い》てつく風に乗り、二人の【砂時計の刺青《いれずみ》】に冷たく重い痛みが走った。

「うっ。これは……！」

「【死神】だ」

北の空が血色に染まり、その中を滑《すべ》るように飛んでいく黒紅の魔物。見た目は外套《がいとう》を目深《ぶか》に被《かぶ》り、大鎌《おおがま》を手にした巨大《きよだい》なヒトのようにも見えるが、その中身はこの世の生き物に非《あら》ず。外套の内から覗《のぞ》くのは、紅《くれない》の瞳《ひとみ》と骨でできた腕《うで》のみ。大鎌で呪《のろ》いを与《あた》え、身に纏《まと》う紅い炎《ほのお》で周囲を焼き尽《つ》くす、死を司《つかさど》る神。

憎《にく》き【死神】が、フェルマータとヴォルフの頭の上を飛び去っていくところだった。

「ちょっと！　私の直した神聖壁《しんせいへき》を飛び越《こ》えて来た上に、話の邪魔《じやま》をするなんて、どういうつもりよ、こらぁぁっ！　スルーするなぁっ！」

フェルマータは、みるみる姿が小さくなっていく【死神】にギャンと吠《ほ》える。

不思議と、【死神】への恐怖は小さくなっていた。かつては思い出すだけでもおぞましく、心の底から恐《おそ》ろしかったというのに。

（……うぅん。何も不思議じゃない。ヴォルフがいるから、もう怖くないんだ）

フェルマータがヴォルフに視線を向けると、ヴォルフもこちらを見つめていた。決意を帯びた瞳で。

「追うぞ。そして、【死神】を討《う》ち、呪いを壊《こわ》す」

「壊す？　解くんじゃなくて？」

「あぁ。呪いの根源を斬《き》り断《た》ち、歪《ゆが》められた命を正す。俺は、死ぬ気はないぞ」

フェルマータの【砂時計の刺青】の砂が上部に満タンになった時。そして、ヴォルフの砂が下部に落ち切った時、呪いは解ける。それは、フェルマータの余命がリセットされ、ヴォルフの生き過ぎた命が尽きる時のはずだった。

ヴォルフの言う「呪いを壊す」とは、呪いの消滅《しょうめつ》による正常な寿命《じゅみょう》の復活――。つまり、呪いが壊された時点から、フェルマータとヴォルフは先の見えぬ寿命を生きていくことができるということだ。

「そんなこと、本当にできるの？」

疑問を口にしたフェルマータに対し、ヴォルフは右手を力強く握りしめ、胸の前で掲《かか》げて見せた。その手の甲《こう》には忌々《いまいま》しい【砂時計の刺青】が息づいていた。

「ジョバンニは、仮説以下の想像でしかないと言っていたが、俺は存外的を射ていると思っている。命を削《けず》る、満たすという、【死神】によって与えられた砂の器《うつわ》に囚《とら》われたままで、真の自由など得られるものか。……命の残量を定めるのは【死神】ではない。俺たちだ。共に生きるために、俺たちで奴《やつ》を討つ」

共に生きる。

その言葉は、フェルマータが望んでやまなかったものだった。胸がドクンと熱く震《ふる》え、感情が込み上げて溢《あふ》れそうになる。

もし、それが本当に叶《かな》ったら――。

不老不死の呪いのせいで、ヴォルフが大切な人たちを見送り続け、孤独《こどく》に取り残されることもない。呪いが解け、フェルマータが一人寂《さび》しく生き残ることもない。二人で同じ時の流れを生きて、老いていく。そんなごく普通《ふつう》の幸せを歩むことができると思うと、フェルマータは今すぐ彼を抱《だ》きしめたい衝動《しょうどう》に駆《か》られてしまう。けれど、緊迫《きんぱく》した状況《じょうきょう》がそれを許さないことも分かっている。

「ちゃちゃっと【死神】を倒《たお》して、結婚《けっこん》式の打ち合わせに行くんだから。頼《たの》むわよ……っ！」

「当然だ。俺とて、楽しみにしていたのだからな」

そう強く頷《うなず》き返すヴォルフの左手の薬指には、何か見覚えのあるものが嵌《は》められていた。

（ん……っ？）

迂闊《うかつ》に彼に触《ふ》れるわけにはいかないので、わざわざグッと顔を近づけて見てみると、それはフェルマータがヴォルフのために購入《こうにゅう》していた黒色の指輪だった。

「ちょっ！　あんた、なんでそれ着けてんのよ！」

「お前が投げ付けて来た鞄《かばん》から出て来たぞ。俺のために用意していたのだろう？　そのいじらしさに俺は感動した」

「いじらしいとか言うなっ。っていうか、一人でその指に嵌めるな！」

せっかくの良い雰囲気《ふんいき》が台無しだ。けれど、フェルマータが真っ赤になって怒《おこ》ったところで、ヴォルフはどこ吹く風だった。「少々緩《ゆる》い故《ゆえ》、後日サイズ調整をせねば」と言いながら、仕方なく指輪を右手の中指に移動させていた。

「まぁ、なんにせよ。共に生きて帰るということだ」

「その時は、私の指輪も買ってよね」

フェルマータとヴォルフは力強く頷き合い、駆け出した。

すべての始まりである【死神】を追って――。

ノースト領の北はずれにある廃《はい》教会。そこにアデラールはいた。

古びてはいるものの、建物には神聖力を底上げする術式が刻まれたまま残されており、目的の儀式《ぎしき》をするにはもってこいの場所だった。そして何より、周囲に民家もほとんどなく、わざわざこの廃教会に立ち寄る者がいないという状況が、アデラールにとっては最適だった。

（静かであることが最も大切だ。私にとっては――）

アデラールには、他者の心の声が聞こえる。それは、ある時を境に。そして、アデラールがどれほど拒絶《きょぜつ》したくとも強制的に。それが、人々の想《おも》いを見抜《みぬ》き、望む慈悲《じひ》を与える人望厚き大司教の力――、否《いな》。呪いだった。

アデラールが聖職衣の詰襟《つめえり》を忌々しげに緩めると、うなじに刻まれた【砂時計の刺青】が姿を見せる。紅の砂は八割ほど落ち切り、アデラールに聞こえる他者の声の範囲《はんい》が、徐々《じょじょ》に広がり続けていることを示していた。

（ついに今日、私は解放されるのだ！　ゾタ神様のお力で、私は恐怖《きょうふ》と苦しみから自由になる！）

もう十年も前になる。前大司教が病で急逝《きゅうせい》したため、アデラールは国王からの推薦《すいせん》で大司教となった。教会内には、アデラールのことを独裁的であると批判し、大司教に相応《ふさわ》しくないと反発する者たちもいた――そんな時だった。

アデラールの前に【死神】が現れ、彼に他者の心の声を聞かせる呪いをかけた。

その日から、アデラールの生活は一変した。元々敵の多かったアデラールに向けられる、包《かく》み隠されない黒い本音。親しいと思っていた者の笑顔《えがお》の下に潜《ひそ》んでいた、嫉妬《しっと》や恨《うら》み。ずっと蔑《ないがし》ろにしてきた民《たみ》たちが抱《いだ》いていた、殺意にも近い感情……。それらすべてが容赦《ようしゃ》なくアデラールに流れ込み、責め立てたのだ。

もちろん、逃《に》げる場所などなかった。周りに人がいる限り、心の声はアデラールを逃がさない。常に付きまとう人間の持つ黒い感情が、どんどん彼を追い詰めていった。

けれど、アデラールはそのことを誰《だれ》かに打ち明けることはせず、ただひたすらに耐《た》え続けた。苦しみを吐露《とろ》することなど絶対にできなかった。もし、自分が被呪者《ひじゅしゃ》であるとばれたら、大司教の座を失うだけでは済まない。存在そのものを否定され、教会だけでなく、国までも追われるだろう。

このナギア王国には、被呪者の居場所などない。アデラール自身が彼らを蔑ろにし、人間として扱《あつか》って来なかったのだから。

だから、絶対に誰にも知られるわけにはいかなかった。たとえ、人々の悪意に晒《さら》され、悪夢のような日々に苛《さいな》まれていても。アデラールは大司教という地位にいるからこそ、呪《のろ》われた事実を隠し、呪いを解く手段を探し続けることができる——、そう考えたのだ。

（私は呪いを利用した。害となる者を見抜き、排除《はいじょ》した。使えそうな者には、求める答えを与えてやった。そうして人の心を摑《つか》み、地位を盤石《ばんじゃく》なものとした！　あの馬鹿《ばか》王子からの信頼《しんらい》も勝ち取り、手駒《てごま》にした！　そして残るは――）

アデラールは、人ひとりが横たわれる大きさの祭壇《さいだん》を愛《いと》おしそうに優《やさ》しく撫《な》でた。その周囲の床《ゆか》では、円と三角形を描《えが》くように刻まれた魔法陣《まほうじん》が鈍《にぶ》い光を放っている。

アデラールは、ケビンとフェルマータの到着《とうちゃく》を今か今かと待ち詫《わ》びていたのだ。

ところがだ。

この廃教会に近づいてくる声に、アデラールは弾《はじ》かれるようにして神杖《しんじょう》を構えた。

それは若い男女の声。一人は聞き覚えのある女性――フェルマータ。もう一人は、ケビンではなく――。

「ヴォルフ」

フェルマータが男のことをそう呼んだ。

（くっ。あの王子め、しくじったか！　ならば、なぜ奴らはここが分かった⁉　どうする⁉　ルークライトと【不死の狼騎士《おおかみきし》】を出し抜《ぬ》けるか？）

予想外の事態だが、アデラールは覚悟《かくご》を決めて神に祈《いの》る。

「【死神】を葬《ほうむ》り、呪いを解くことができるのは、あなた様だけです。どうかご降神ください。我が神よ……」

第五章　生と死と愛と

フェルマータとヴォルフは【死神】を追って、ノースト領の北はずれにある廃教会にやって来た。元々神聖な地であるはずなのに、今はもう、幽霊《ゆうれい》や、それこそ死神が出そうな暗く不気味な場所と成り果てていた。

「ヴォルフ。私たちで勝つわよ」

「ここで不安を漏《も》らさぬところが、フェルらしいな。俺は、兄と騎士団を率いて敗北している故、どこまで奴《やつ》の喉元《のどもと》に迫《せま》れるだろうかと考えていたところだ」

「ちょ……っ。縁起《えんぎ》の悪いネガティブやめなさいよ！　【死神】の弱点は神聖術。この私がいるんだから、絶対に負けない！」

「まるで勝利の女神《めがみ》宣言だな」

「薄命《はくめい》な聖女ですけど？」

決戦前の会話にしては、砕《くだ》けすぎかもしれない。しかし、フェルマータとヴォルフの戦意は満ち満ちていた。

「いくぞ」

「えぇ」

紅《くれない》の炎《ほのお》を纏《まと》った【死神】が、祈りの間に吸い込まれるように消えていくのが見えた。逃がすものかと、二人はドアを勢いよく蹴破《けやぶ》って突撃《とつげき》し——。

「因縁《いんねん》、ここで断《た》ち切らせてもらう」

「ゾタ様に代わって天誅《てんちゅう》よ！」

（……って、あれ⁉）

張り切ってポーズを決めたフェルマータだったが、そこにいた人物の姿を見て、慌《あわ》てて手を引っ込めた。

バタンと前方に倒《たお》れるドアの向こうにいたのは、【死神】ではなく、ゾタ教会大司教アデラール・ミレーだった。彼はフェルマータたちが現れても、特段驚《おどろ》いた顔もせず、随分《ずいぶん》と落ち着いた様子だった。

一方、王都にいるとばかり思っていたアデラールの登場に、フェルマータは驚かずにはいられない。

「アデラール様⁉　どうしてここに⁉」

「君を待っていたんだ。会いたかったよ、ルークライト。元気にしていたかね。怪我《けが》や病気はしていないか？」

にこやかなアデラールの言葉に、フェルマータの背筋はぞくりと震《ふる》えた。

教会にいた時に、彼から優しい言葉をかけられたことなど一度もなかったのだ。それは、フェルマータがドルマンの弟子《でし》だったからではないかと思っていたのだが――。

若く見えるイケオジな見た目と穏《おだ》やかな口調はそのままだが、なんだか今日の彼は瞳孔《どうこう》がガン開きで、前のめり気味だ。そして、フェルマータに会えた嬉《うれ》しさが隠しきれず、喜びがだだ洩《も》れ状態。

ケビンを操《あやつ》ってまで、彼がフェルマータに会いたかった理由とは――。

（これは、もしかして……）

フェルマータは、ハッと息を呑《の》む。

「アデラール様って、私のことがす――」

「好いてはいない。中身に関しては」

「えっ。じゃあ、からだ――」

「私が君を評価しているのは、洗練された神聖術と健康な肉体だ」

「食い気味に否定してますけど、肉体って……！　ごめんなさい！　私には、あああ愛している夫が……」

恋愛《れんあい》マスター（自称《じしょう》）フェルマータは、年上からの体目的略奪愛《りゃくだつあい》ルートが解放されてしまったのだろうかと、真っ赤になってあわあわしてしまう。ピュアでウブなフェルマータが、そんな不健全な関係を認められるはずがない。

「どうしたらいいの⁉　相手を傷つけずに振《ふ》る方法って」

「色恋《いろこい》事になるとポンコツになるのはなぜだ、フェル。冷静になれ」

　オマエガイウナ、であるが、ヴォルフの言葉がフェルマータを正気に引き戻《もど》した。

「落ち着いて、この状況《じょうきょう》をよく見ろ。なぜ、このような廃《はい》教会に大司教が潜んでいた？

【死神】はどこに消えた？　そして目の前の祭壇と魔法陣は何だ？」

　フェルマータはハッとして、アデラールと彼の足元の魔法陣を見つめた。魔法陣には見たことがない神聖術式が刻まれており、彼の目的を見抜《みぬ》くことはできない。だが、フェルマータを必要とした何かの怪《あや》しい儀式《ぎしき》であるとは予想が付き、そして――。

「アデラール様が【死神】――」

「違《ちが》うが」

　またも食い気味に否定され、フェルマータがアデラールに向けた指が行く当てをなくし、宙でぷるぷると震えた。的外れな推理が恥《は》ずかしく、心の中で「ヴォルフ、この野郎《やろう》」と叫《さけ》ぶが、当のヴォルフにはスゥッと視線を逸《そ》らされた。

（薄情者！　こっち見ろ！　【死神】がここに来たのって、ほんとにただの偶然《ぐうぜん》⁉　アデラール様関係なし⁉）

　では、彼の目的とは何なのか。

　散々的外れな見解を聞かされたというのに、アデラールはおかしそうな、あるいは楽しそうな笑《え》みを浮《う》かべていた。そして、その理由はすぐに分かった。

「【死神】は三百年前から生き続ける呪いの王だ。この私が【死神】であるわけがなかろう。私はね、心の底から奴を葬りたいと思っているのだよ。そのために、君には器《うつわ》になってもらいたい」

「器……？」

「君の身にご降神していただくのだよ。我らがゾタ様に」

「へ……？」

アデラールの突拍子《とっぴょうし》もない発言に、フェルマータの目はテンになってしまった。

神降ろしなんて、なに時代の話だ。第一、そのような術があるなど、聞いたことが――。

そこで、フェルマータはケビンの言葉をハッと思い出した。

「まさか、呪いを解く秘術が降神術……？　あれって、ケビンを騙《だま》すための嘘《うそ》だったんじゃ……」

「嘘ではないよ」

アデラールがヴンと神杖《しんじょう》を大きく振ると、フェルマータとヴォルフを引き裂《さ》くように、天井《てんじょう》から巨大《きょだい》な光の柱が降って来た。咄嗟《とっさ》にそれを避《さ》けた二人だったが、アデラールの思《おも》惑《わく》通りだったらしい。フェルマータは後方に退いたものの、追加の光柱に吹《ふ》き飛ばされ、顔からその場に転倒《てんとう》してしまった。

（私の尊い顔面が……！）

などと、思っている場合ではなかった。

ヴォルフが振り返り、フェルマータの方へ駆《か》け出すと同時に、アデラールが神杖を天井に向かって振り上げた。するとヴォルフを囲うように聖なる結界が発生し、彼をその中に閉じ込めてしまう。

ヴォルフの姿が分厚い光の壁《かべ》で見えなくなり、そして声も届かなくなる。彼が結界を斬《き》ろうとしているのか、内側から斬撃《ざんげき》と思《おぼ》しき振動《しんどう》が伝わってくるが、それが壊《こわ》れる気配はない。

「ヴォルフ！」

「君はこちらを向きたまえ」

アデラールは、結界に駆け寄ろうとしていたフェルマータに転移の術で近づき、右腕《みぎうで》を捕《つか》まえてグイと捩《ね》じり上げた。その痛みにフェルマータは「きゃっ」と短い悲鳴を上げる。

「やめて！　放して！」

「喜べ。君の呪《のろ》いは今日をもって解ける。それだけではない。君が憎《にく》き【死神】を倒し、王国中の被呪者《ひじゅしゃ》たちを救うのだ。もちろん、君の愛する夫も、不老不死から解放されるだろう」

恍惚《こうこつ》と語るアデラールが言うように、皆《みな》が呪いから解放され、【死神】を倒すことができるなど、この上なく理想的だ。もしそれが本当に叶《かな》うのであれば、ゾタ神の器になることもやぶさかではないのではないか……？　一瞬《いっしゅん》だけそう思ったフェルマータは、腕を背中で捩じり上げられたままの体勢で、アデラールに問い掛《か》ける。

「あの、ちなみに体を提供した私の中身ってどうなります？」

「精神のことか？　もちろん、ゾタ様に上書きされるだろう。安心したまえ。君の精神が消えた後は、ゾタ様に成り代わっていただくよ。ケビン殿下《でんか》の妃《きさき》として、政治の場でも手腕《しゅわん》を振るっていただく予定だ」

（断固拒否《きょひ》――っ！）

フェルマータという自己を消されるというのに、「はいどうぞ」と肉体を差し出すわけにはいかない。ゾタ様だって、急に降ろされたら大迷惑《だいめいわく》に違いない。なのに、それを平然と実行しようとするアデラールが恐《おそ》ろしくてたまらないぞと、フェルマータは震え上がる。

「アデラール様、考え直してください！　そんなぶっとんだ術、上手《うま》くいくか分かりませんよ？　練習しました？　多分、危ない気がしますよ？　もっと堅実《けんじつ》に【死神】退治の方法を議論しませんか？　私とヴォルフもお手伝いしますし」

「私はもう、耐《た》えられないのだよ。一刻も早く、この悪夢を終わりにしたい。君ならば理解できるのではないかね」

小賢《こざか》しい説得に失敗したフェルマータがぐぐと首を捻《ひね》ってアデラールを振り返ると、

彼が傾《かたむ》けた首の付け根に見慣れた刺青《いれずみ》が見て取れた。

「【砂時計の刺青】⁉　アデラール様、まさか……」

「教会の大司教が被呪者だとは、驚《おどろ》いただろう。この忌々《いまいま》しい証《あかし》を私はひた隠《かく》しにしてきた。だが、いくら隠そうとも、この身には人間たちの醜《みにく》い心の声が流れ込んでくるのだよ。想像してみたまえ。四六時中、有象無象《うぞうむぞう》の声が聞こえ、逃《に》げることもできない日々を」

「それなら、尚更《なおさら》協力するべきです！　私やヴォルフだけじゃなくて、たくさんの被呪者たちが呪いからの解放を望んでいる。あなたのような大司教が同じ立場からそれを目指してくれたら、みんなどれほど心強いか！」

大司教自らが被呪者を代表することで、被呪者を排除《はいじょ》しない世の中を作っていけるかもしれない。フェルマータはそう訴《うった》えたかったが、アデラールは鼻で笑い飛ばしただけだった。

「綺麗《きれい》事を。この国は被呪者を差別することで発展してきた。今更《いまさら》その歴史や思想が覆《くつがえ》るものか。私たちは、ゾタ様によって呪いから解放され、【死神】がいなくなった世界で初めて生者に戻るのだよ。光栄に思いたまえ、ルークライト。類稀《たぐいまれ》なる神聖術の使い手である君ならば、きっとゾタ様の神魂《しんこん》とよく馴染《なじ》む。君が世界を正しい形に戻すのだよ」

「すっごく嫌《いや》です！」

「拒否権はないよ」

アデラールが眉根《まゆね》を寄せると同時に、バリンッという分厚いガラスが砕《くだ》けたような音が辺りに響《ひび》く。パラパラと霧散《むさん》していく光の結界が、祈《いの》りの間で美しく煌《きら》めき、狼《おおかみ》のような眼《め》をした騎士《きし》を内から解き放った瞬間だった。

「私の結界を破るとはね」

「結界？　気合で突破するほどでもないな。さぁ、妻を返してもらおう」

死をもたらすような結界があったとしても、彼を止めることはできない。そんなこと、フェルマータはとっくに知っていた。

「ヴォルフ！　早く助けなさい！」

「こういう場では、『私のことはいいから』と言うものではないのか」

「そんなこと言うのは、お義兄様《にいさま》の本に出て来るヒロインだけよ！」

もがもがと暴れるフェルマータを見て、ヴォルフは「ふむ」と頷《うなず》いた。

その刹那《せつな》。

ヴォルフの姿がそこから消え失《う》せ、一瞬でアデラールの目前に出現した。長剣《ちょうけん》の刃《やいば》がアデラールの首を斬り落とさんと迫《せま》り、ぎらりと光る。

「死ね」

「断るよ……！」

アデラールは素早《すばや》く神杖で刃を弾《はじ》くと、フェルマータを突《つ》き飛ばすように捨て置き、飛び退《の》いた。ヴォルフはアデラールを逃がすまいと、常人離《ばな》れした脚力《きゃくりょく》で彼を追い、突きを連続で繰《く》り出すも、どうやら心を読まれているらしい。アデラールはまたもヴォルフの刃を紙一重《かみひとえ》のところで避けていく。

しかし、獣《けもの》の戦い方とでも言おうか。一太刀《ひとたち》ごとに鋭《するど》さを増し、加速していくヴォルフの剣は、思考よりも感覚に従っていた。それにより、彼の刃が再びアデラールの喉元《のどもと》に迫る。

喉を刃で貫《つらぬ》かれる寸前。強引《ごういん》に身をよじって攻撃《こうげき》を躱《かわ》したアデラールは、近距離《きんきょり》戦は不利と判断したようだった。彼は近くの椅子《いす》や長机を蹴《け》り飛ばし、ヴォルフの接近を一時的に阻《はば》むと、出口に向かって駆け出そうとした。

「【不死の狼騎士】をまともに相手する気はない。撤退《てったい》させていただこう」

「逃がすと思うか？」

アデラールの神杖から放たれる光の矢を長剣で叩《たた》き落としながら、ヴォルフが教会内を駆ける。それこそ、獲物《えもの》を追う狼のように。

一方、ヴォルフがアデラールの気を引いてくれている今がチャンスだと、フェルマータは気合を入れて立ち上がる。ヴォルフには悪いが、後方から決着を付けさせてもらおうではないか。

（特大の神聖術、ぶち込むわよ……！）

フェルマータが服のしわを伸《の》ばし、アデラールに術の照準を定めると――。

「いい神聖力だ。ルークライト」

勝ち誇《ほこ》った表情のアデラールと目が合い、フェルマータは背中をぞくりと震《ふる》わせた。

得体の知れない何かがフェルマータの心臓を掴《つか》んでいるかのような感覚が走り、呼吸が止まりそうになる。体の自由が利《き》かず、がくんと膝《ひざ》を突いてしまう。

「っ……!?」

膝を突いた床《ゆか》に浮《う》かび上がっている魔《ま》法陣《ほうじん》を見て、フェルマータは驚きを隠せない。魔法陣は、祭壇《さいだん》を囲むように刻まれていたはず。いつの間に、足元に……？

「そちらのはダミーでね。本物は発動するまで見えないように、細工をしておいたのだよ。発動条件は大きな神聖力。私のものでは駄目《だめ》だ。器《うつわ》である君の神聖力でなければ、ゾタ様は降ろすことができない」

フェルマータが、この状況《じょうきょう》に誘導《ゆうどう》されたと気が付いた時には遅《おそ》かった。

「ヴォル――」

愛《いと》しい人に手を伸ばそうとするも、届くことはなく――。

「――――っ！」

声にならない悲鳴と共に、フェルマータの神聖力が魔法陣に奪《うば》われていく。その力を対価として、天に向かって光の柱がほとばしり、フェルマータを飲み込みながら、人ならざる者――神と強制的に繋《つな》がろうとしていた。

両眼が焼けるような激しい痛みに襲《おそ》われ、フェルマータは「うあぁぁ……っ」と顔を手で覆《おお》って蹲《うずくま》る。痛みのあまり、呼吸を忘れてしまいそうになる。

「痛い……、痛い……。怖《こわ》い……！」

痛みの先に見えたものは、暗く淀《よど》んだ荒野《こうや》に並ぶ十字の墓。積み重なる騎士たちの屍《しかばね》。血に濡《ぬ》れた絞首台《こうしゅだい》。飢《う》える民《たみ》。燃やされるナギア王国の王国旗――。

「あ……、あああぁ……」

あまりの惨状《さんじょう》に体の震えが止まらない。

（酷《ひど》い……。これがナギア王国だっていうの？）

『絶望の未来を変えてみせる。それが我が使命。貴女《あなた》にそれが務まりますか？』

フェルマータのすぐそばから――否《いな》。内から聞こえたその声に、フェルマータは答えることができない。もはや、自由に動かせる口などなく、その声はフェルマータ自身から出たものだったからだ。

（あ……。私が消えちゃう……）

覆い被《かぶ》さる神の意識によって自分が薄《うす》れていく。フェルマータの視界は暗闇《くらやみ》に包まれた。

「あぁ、ゾタ様。よくぞ、ご降神くださりました。私めは、あなた様の敬虔《けいけん》なる信徒アデラールと申します。どうか……、どうかご慈悲《じひ》を」

アデラールがフェルマータに駆《か》け寄り、恭《うやうや》しくその前で頭《こうべ》を垂れ、手を差し出した。

「ゾタだと……？　それは俺の妻だ！　気安く触《さわ》るな！」

ヴォルフはアデラールに摑みかかろうとしたが、フェルマータの纏《まと》う凛《りん》とした気配が失われ、重圧感のあるそれに変わってしまったことに息を吞《の》み——長剣をカランと床に落としてしまった。

「フェル……？」

『フェルマータの体は馴染《なじ》みが悪いですね』

目尻《めじり》を押さえて俯《うつむ》いているのは、フェルマータの体を借りた別の何かだった。神と呼ぶにはあまりにも淡々《たんたん》とした、凍《い》てつくような冷たい声が、ヴォルフの血の気を引かせていく。

『なるほど。よくこの儀式《ぎしき》を調べ上げましたね、アデラール。わたしを本当に降ろしてしまうとは』

「わ、私はあなた様にお会いしたい一心で……。【死神】を倒《たお》せるのはゾタ様しかおられぬと……」

『その信仰心《しんこう》は褒《ほ》めて差し上げましょう。ですが――』

　フェルマータが目を固くつむったまま、手をアデラールに向かってかざした。

　すると眩《まばゆ》い光がほとばしり、ヴォルフのすぐそばを何かが飛ぶように通り過ぎ、壁《かべ》に叩きつけられた。その何かとは、アデラールだった。

「ぐぁぁっ!!　主よ……!」

　めり込んだ壁からどさりと落ちるように倒れるアデラールは、すがるようにフェルマータに手を伸ばす。だが、彼の敬愛する主がそちらを見ることはなかった。

『わたしの未来に貴方《あなた》は不要です』

　刺《さ》すような言葉が放たれ、アデラールに絶望の色が浮かぶ。これまで彼を支えていたものが音を立てて崩《くず》れる瞬間だった。

『神に人が近づこうとするなど、不敬以外の何ものでもない。身の程《ほど》を知りなさい。……さて。次は貴方の番ですか？　ヴォルフ・ブレンネル辺境伯。妻の体を取り返そうと、殺気立っていますね』

「神は、すべてを見通しているというわけか」

『見えずとも、貴方の相手くらいならばできますが』

カツカツと近づいて来るヴォルフの姿に、フェルマータ——ゾタは目を閉じたまま淡《あわ》く微笑《ほほえ》む。手にはアデラールが取り落とした神杖《しんじょう》を持ち、ゾタ神の再来と呼ぶにふさわしい姿に見える。

『不老不死の呪《のろ》いを解くには、フェルマータの存在が不可欠なのでしょう？　どうしますか、辺境伯。そんな彼女に貴方は刃《やいば》を向けるのですか？』

「俺に貴様が妻の身を持ち去るのを黙《だま》って見ておけと言うのならば、断る」

ヴォルフは静かな怒《いか》りを滲《にじ》ませながら、拾い上げた長剣《ちょうけん》を鞘《さや》に納め——。

（兄上……。力をお貸しください。俺に神を払《はら》う力を——）

再び抜《ぬ》き放たれた長剣は、ヴォルフの決意を帯びた金色の隻眼《せきがん》を映していた。

「聞こえるか、フェル！　お前は、易々《やすやす》と神とやらに体をくれてやるような素直《すなお》な女ではないだろう！　早急に目を覚まさせてやる。少々手荒《てあら》い夫婦喧嘩《ふうふげんか》といこうではないか！」

キィィィンッと乾《かわ》いた音を上げ、ゾタの神杖がヴォルフの長剣を弾《はじ》く。

『よもや、本当に斬《き》りかかって来るとは』

「フェルは神聖術の拳《こぶし》を使い、俺を全力で殴《なぐ》り飛ばしてくるような妻だ。問題ない。きっと手荒い手段であっても、自分を助けろと思っているさ」

ヴォルフがいったん身を引き、すぐに突《つ》きを繰《く》り出すと、ゾタは『面白《おもしろ》い冗談《じょうだん》ですね』と舞《ま》うように長剣を神杖でいなす。

二連、三連とヴォルフの刃が襲い掛《か》かるもゾタの防御《ぼうぎょ》は厚く、逆に神杖で長剣の技《わざ》を沈《しず》めてしまう。ヴォルフは「ちっ」と舌打ちをすると、長剣を構え直して荒《あら》くなった息を吐《は》き出した。

「……ハンデを与《あた》えられてこのザマとは」

『もう無駄なことはやめましょう。不死の貴方と戦っても、決着はつきません。それにフェルマータの精神は、わたしと繋がりを得たことで大きなダメージを負いました。わたしが去ったところで、あの子はもう目を開けることはないでしょう。まぁ、そもそも死の呪いに抗《あらが》っていた薄命《はくめい》の身。寧《むし》ろ、長く生き過ぎたのではありませんか』

ゾタは、フェルマータの顔で悲しそうな表情を浮かべてみせた。

「貴様がフェルを語るなぁぁぁぁっ！」

作られた妻の表情にヴォルフは怒りの咆哮《ほうこう》を上げ、ゾタに向かって床を蹴《け》り上げる。

フェルマータがどんな思いで生きてきたのか知りもしない輩《やから》に、彼女の生死を決められることが許せなかった。フェルマータは「生きる」と言ったら生きる。ヴォルフが惹《ひ》かれたのは、そんな彼女だったのだから。

『その身を貫《つらぬ》けば、狼《おおかみ》の動きも止まりましょうか』

ゾタが神杖を天井《てんじょう》に掲《かか》げると、無数の光の槍《やり》が生み出され、ヴォルフに目掛けて降り注ぐ。眩《まばゆ》く光るそれは、神々《こうごう》しくも凶悪《きょうあく》だった。

だが、裁きの槍が四肢《しし》を貫こうと、ヴォルフの足は止まらなかった。

気絶しそうになる熱さも、身を抉《えぐ》られるような痛みも、今は感じなかった。それが人間らしくない、バケモノのようだと言うのであれば、ヴォルフはそれでかまわなかった。

（フェルが俺に与えてくれた愛さえあれば、俺はバケモノに成り果てたとしても――）

「フェル…………!!」

ヴォルフの呼び声が教会の空気を震《ふる》わせ、ゾタの動きが一瞬《いっしゅん》だけ止まった。

それは、ヴォルフの長剣が床《ゆか》にカランと落ちるのと、ゾタの神杖がヴォルフの心臓を貫いたのと同時だった。

どさり、と力の抜けたヴォルフの体がゾタに覆い被さる。

（神でも悪魔《あくま》でも……死神でもかまわん。この声を愛《いと》しき妻に届けてくれ。俺の持つものであれば、何でも差し出そう。たとえ、それが【死】であっても）

「愛している。フェル……」

ぼんやりと霞《かす》む視界の中、ガラスで覆われた歪《いびつ》な形の空間にフェルマータはいた。足元には紅色《あかいろ》の砂が溜《た》まっており、ブーツの中に入り込んできて気持ちが悪い。

そして、ガラスの外からこちらを指差し、嘲《あざけ》る人々の姿があった。

「魔女」

「穢《けが》らわしい魔女」

「【呪いの魔女】」

「婚約破棄《こんやくはき》だ。魔女」

あぁ。これは夢だなと、フェルマータはその場にへたり込み、頭上から降り注いでくる紅の砂を黙って浴び続ける。呪いを受けたあの日から、幾度《いくど》となくフェルマータを魘《うな》した悪夢だ。いつか同じ夢を見た時は、死の孤独《こどく》と恐怖《きょうふ》に押し潰《つぶ》されそうになっていたけれど、今は怯《おび》える気力すら見当たらない。

(もう見たくない。聞きたくない。……生きたくない。砂時計の外に希望がないと知ってしまったから。みんなが死んでしまうような、恐《おそ》ろしい絶望を見てしまったから――)

瞳《ひとみ》を固く閉じ、両手で耳を塞《ふさ》ぐ。

自分に未練などないと、言い聞かせて。

けれど――。

砂時計のガラスが、バリンッと乱暴に打ち砕《くだ》かれた。黒い指輪を中指に嵌《は》めた拳で。そしてその武骨な手が、フェルマータが耳に当てていた手を無理矢理引き剝がした。

目前に現れた隻眼の騎士《きし》は言う。

「初めて会った日は、貴様の欲深さに驚《おどろ》いたものだ。なんだったか……。たしか、美味《うま》い飯や菓子《かし》、金が欲しかったと言っていたな。後は、追放した連中を殴りたいだとか、王妃《おうひ》の地位にも執着《しゅうちゃく》していたぞ。……うむ。ひとまず、王子を殴ることは済んだな」

「ちょっと……！　それじゃ、まるで私が超絶強欲《ちょうぜつごうよく》女みたいじゃない！」

フェルマータが思わず言い返すと、隻眼の騎士は「まだあったな」と摑《つか》んでいた手をグイと引き――。

「愛している。フェル……」

隻眼の騎士はフェルマータを抱《だ》き寄せ、唇《くちびる》に強引な口づけを落とした。

燃えるように熱く、とろけるように甘いそれは、フェルマータの生への執着――「好きな人と結ばれて幸せになること」を鮮烈《せんれつ》に思い出させ、再び心に強く刻み込んだ。

「私、死にたくない……！　あなたと……、ヴォルフと幸せになりたいから……！」

隻眼の騎士――ヴォルフの金色の瞳がフェルマータを愛おしそうに見つめ、「俺もだ」と言って頷《うなず》いた。

「生きろ。神を退け、俺と共に――！」

周囲の紅の砂が蒼炎《そうえん》を帯び、激しく燃え上がる。命が満ちる、そんな感覚が駆《か》け抜けていき、そして――。

『抗いなさい。生と死の狭間《はざま》で……。また会いましょう、フェルマータ』

「んむぅっ!?」

フェルマータが息苦しさに目を覚ますと、ヴォルフの唇で唇を塞がれていた。

(って、これどういう状況《じょうきょう》よ……!!)

「んん――っ!」

驚きと恥《は》ずかしさで窒息《ちっそく》してしまいかねないと思ったフェルマータは、あわあわしながらヴォルフを力いっぱい突《つ》き飛ばした。

すると、予想外にあっけなくヴォルフの体はフェルマータから離《はな》れていき、ばたんと教会の床に倒《たお》れこんでしまったではないか。

「ぎゃー―っ! ヴォルフってば、なんでこんなにぼろぼろなのよ!」

フェルマータが悲鳴を上げて抱き起こしたヴォルフは、神聖術で貫かれた痕《あと》が体中にあり、おびただしい出血も見られる。意識も混濁《こんだく》しているようだった。うわ言のように「フェル……」と口にしている彼は、フェルマータの顔を見ると、安心したように頬《ほお》を緩《ゆる》める。

「やはり……、フェルに澄《す》ました顔など、似合わんな……」

「意味分からないんだけど、悪口言われてる気がする」

フェルマータはムッとする気持ちを抑《おさ》え、癒《いや》しの神聖術をヴォルフに施《ほどこ》す。なんて酷《ひど》い傷なのよと憤慨《ふんがい》するが、フェルマータの全力の治療《ちりょう》の効果はみるみる現れる。

「アデラール様……。いいえ。アデラールのせいよね⁉　あいつ、絶対に許さないわ！　どこに行ったの？　ぼっこぼこのギッタギタにしてやるんだから！」

「ふふっ。さあな。取り逃《に》がしてしまった」

腕《うで》をぶんぶんと振《ふ》り回し、ガキ大将のように意気込むフェルマータを見て、ヴォルフは可笑《おか》しそうに笑った。せっかくフェルマータが仇《かたき》を討《う》とうと言っているというのに、えらくあっさりとした反応だ。

「さすがは、神を退けた聖女だな」

「勝手に出て行ったわよ。……まぁ、変な夢は見たけど」

その時、笑い合う二人の頭上を【死神】が通り過ぎ、廃《はい》教会のひび割れたステンドグラスをすり抜《ぬ》け、消え去っていった。

一瞬、追うべきかと二人は顔を見合わせたが、既《すで》に満身創痍《まんしんそうい》。もう一戦交える気力も体力も残ってはいなかった。何より——。

「甘えていいだろうか」

「い……、いいわよ。このフェルマータ様がトクベツに膝《ひざ》を貸してあげるんだから、しっかり堪能《たんのう》しなさいよね……っ！」

膝枕《ひざまくら》の心地《ここち》よさにむず痒《がゆ》い感情を抱《いだ》くフェルマータとヴォルフが、結婚式の打ち合わせのため、リリアンを長時間待たせていることを思い出すのは、もう少し後の話。

そして、そんな二人が触《ふ》れ合っていても、蒼《あお》い炎は揺《ゆ》らめくことがなく――。


フェルマータがヴォルフに治療を施していた頃《ころ》。

大司教アデラールはヴォルフとゾタの戦いに巻き込まれぬよう、這《は》うようにして廃教会を脱出《だっしゅつ》していた。なんとか降神術が記された禁書だけは持って出ることができたが、顔は青ざめ、体もほとんど言うことを聞かなかった。その散々たる結果をアデラールは受け入れることができず、地面に禁書を開き、震《ふる》える手でそのページをめくる。

大司教しか入ることが許されない禁書庫の最奥で見つけたこの本は、十年間アデラールの心の支えだった。時間をかけて術式を読み解き、ゾタを降ろすために必要な魔力結晶《まりょくけっしょう》や呪力《じゅりょく》鉱石、そして神聖力で満ちた器《うつわ》を探し、いつか呪《のろ》いから解放される日を夢見て来たのだ。だから、彼は認めるわけにはいかなかった。

「違《ちが》う違う違う……！　アレはゾタ様ではない。この私を不要とする者が、あのお方であるはずがない。あぁ、きっとルークライトのせいだ。ルークライトが器に適していなかったのだ。次は妥協《だきょう》せず、もっと神聖術に長《た》けた者を――」

「フェルマータ以上の神聖術の使い手となると……、わたししかいませんね」

不意に頭上から降って来た柔和《にゅうわ》な声に、アデラールは凍《こお》り付いた。聞き慣れたその声は、彼が最も嫌《きら》っているもう一人の大司教――。

「ドルマン……！　なぜここに……！」

「貴方《あなた》がケビン殿下《でんか》に何かを吹《ふ》き込んでいる様子でしたので。女王より、見張っておくようにと。わたし個人としても、貴方の動きが気がかりでしたからね」

ドルマンは地面に伏《ふ》しているアデラールを光の映らない目で見下ろし、そして禁書を手に取った。

「これはわたしが預かっておきます」

「か、返せ！　それはゾタ様をお呼びするのに……、呪いを解き、【死神】を討つために必要なのだ！」

アデラールが必死に手を伸《の》ばすが、ドルマンはその手を汚物《おぶつ》のように払《はら》い除《の》けた。彼の落胆《らくたん》したようなため息はとても重く、そして冷たかった。

「貴方も言っていたではありませんか。『この国は被呪者《ひじゅしゃ》を差別することで発展してきた』と。ならば、わたしが貴方の手を払い、その言葉に耳を貸さないことも、何も不自然ではありませんね？」

「いったいいつから見ていたのだ……⁉　貴様の心だけは、いつも読むことができなかった。ドルマン、貴様いったい……⁉」

「わたしはゾタ教会の大司教。ナギア王国の発展を願う者ですよ――」

ドルマンはそう言うと、アデラールに向かって小さな笑《え》みをくれてやった。

「では、また来世で」

エピローグ……呪われ婚の終わりと始まり

王都。ゾタ教会本部――。

澄んだ青空が美しいよく晴れた日に、着飾《きかざ》った王族や貴族、そして教会関係者たちが集《つど》っていた。皆《みな》、ヴァージンロードを歩く清廉《せいれん》な新郎《しんろう》と美しい花嫁《はなよめ》の姿にうっとりと見惚《みと》れ、ため息を溢《こぼ》している。

そう。今日ここで開かれるのは、愛し合う二人を祝う結婚式だった。

とりわけ新婦のフェルマータは、輝《かがや》く蜂蜜《はちみつ》色の髪《かみ》を結《ゆ》いあげ、純白のウエディングドレスを纏《まと》う、まさしく本日の主役と言うべき美しさだ。

「きゃ～、キレイ～！　おめでとうございますぅ♡」

「フェルマータ先輩《せんぱい》……」

参列席で騒《さわ》ぐリリアンに「うるせぇ」と叫《さけ》びたいし、心配そうなシェスカに「きっと何とかするから」と言ってあげたい。

けれど、今、フェルマータが何も言えず、厳《おごそ》かな雰囲気《ふんいき》に従っている理由は――。

「貴方は、妻フェルマータを健《すこ》やかなる時も、病《や》める時も、豊かな時も、貧しき時も、愛し、敬い、なぐさめ、命のある限り真心を尽《つ》くすことを誓《ちか》いますか」

新郎に問い掛《か》ける大司教ドルマンの穏《おだ》やかな声が教会に響《ひび》く。

つい先ほどは、フェルマータのこの状況を哀《あわ》れみ、ぎゅっと抱《だ》きしめてくれたというのに。切り替《か》えがあまりに早くはないかと、フェルマータは不満でいっぱいだった。

だが、それ以上に不満がはち切れそうなことは。

「誓います」

自信満々に答えた新郎がヴォルフではなく、ケビン・ナギアス王子だということだ。

今日も今日とて甘く麗《うるわ》しい容姿を存分に披露《ひろう》するケビンは、優《やさ》しく目を細め、「次は君の番だよ」と言わんばかりにウインクを飛ばしてくる。

(どの口が『愛す』とか抜かしてんのよ！　くるっくるの手のひら返しが激しすぎるわよ！)

フェルマータは真っ赤な薔薇《ばら》のブーケでケビンのウインクを防御《ぼうぎょ》するが、それでももう逃げようがない。ドルマンはフェルマータに向かって誓いを促《うなが》す言葉を述べ始める。

(どうしてこんなことにぃぃっ！)

遡《さかのぼ》ること、数日前。

ケビンとアデラールの一件後、ヴォルフとフェルマータはナギア王城に呼び出されていた。

ケビンを操《あやつ》り、フェルマータを拉致《らち》しようとしたアデラールは行方《ゆくえ》不明とのことだったが、女王ジゼリアと大司教ドルマンからの謝罪を受け、フェルマータはこの件を表沙汰《おもてざた》にしないことを決めた。

ヴォルフは「この際だ。あの王子を国外追放するくらいの要求をしてもいいのではないか」と密《ひそ》かに提案してくれていたのだが、フェルマータは首を横に振《ふ》り、

「いいのよ。私は一発ぶん殴《なぐ》れたから、もう恨《うら》みはない。ケビンがどこで何をしているかなんて、どうでもいいの」

そう言ったものの――。

「結婚しよう、蜂蜜《ハニー》ちゃん！」

ノースト領へ帰ろうとしていたところをケビンに引き留められ、「どの面《つら》下げて見送りに来やがった」と思っていた矢先に飛び出した言葉だった。彼のフェルマータへの執着《しゅうちゃく》心には仰天《ぎょうてん》せずにはいられなかった。

「ケビン。あなた、私のことを傲慢《ごうまん》女呼ばわりしてたのに、よくそんなことを……」

「え？　だって、君は被呪者じゃなくなったからね。清らかで美しい、僕に相応《ふさわ》しい花嫁だよ」

あっけらかんと言う彼を逆に尊敬しそうになってしまう。

けれど、所詮《しょせん》はお馬鹿《ばか》さんの戯言《たわごと》だと、フェルマータは颯爽《さっそう》とヴォルフの飛竜《ひりゅう》に乗り込もうとしたのだが。

「婚約の誓約書《せいやくしょ》がまだ残っていたんだ。見てよ」

「なんですって!?」

ケビンが「ほらほら」と頭の上に掲《かか》げている金枠《きんわく》の紙を見て、フェルマータは凍《こお》り付いた。その紙に見覚えがあったからだ。

そしてフェルマータが満面の笑みのケビンから誓約書を引ったくると、それはたしかに二人が交際していた時に交《か》わしたものに間違《まちが》いなかった。

「なんでこれがまだあるのよ!」

「書類には保存期間っていうものがあってね。婚約破棄《はき》したとしても、控《ひか》えが五年間は残っているものらしいよ。だから、君は僕のフィアンセのまま。障害となっていた呪《のろ》いも消えて、何も問題はない」

ケビンはフェルマータの背中に回り込み、うんうんと頷《うなず》く。

そこにかつて刻まれていた【砂時計の刺青《いれずみ》】は一片《いっぺん》もなく――。

(呪いはなくなった。ヴォルフの……キスのおかげで)

廃《はい》教会での愛《いと》しい人との接触《せっしょく》――口づけは、フェルマータの死の呪いを解き、消し去った。フェルマータは死の恐怖《きょうふ》から解放され、自由になったのだ。

一方、ヴォルフの不老不死の呪いは、なぜか寿命《じゅみょう》が満タン状態に逆戻《ぎゃくもど》りしており、フェルマータの呪いが解けてしまったことから、解呪の見込みを失ってしまっていた。

それでも、フェルマータはヴォルフのそばに居続けることを迷わなかった。たとえ解呪という目的を失い、契約《けいやく》が意味をなさなくなってしまっても、フェルマータは彼と呪いを壊《こわ》す方法を探していこうと決めたのだ。

（なのに！）

ヴォルフも、もちろんケビンに反論してくれた。けれど、ケビンは国家権力を振りかざし、フェルマータを無理矢理に花嫁に据《す》えてしまったのだ。

そして、今。この華《はな》やかな結婚式を挙げるに至る。

「──愛し、敬い、なぐさめ、命のある限り真心を尽くすことを誓いますか。フェルマータ」

ドルマンに問われ、フェルマータはギリリと歯を食いしばる。

誓わなければ、権力と武力によって、ノースト領がどうにかされてしまうかもしれない。

愛する人の大切な場所を脅《おびや》かすことだけはできないと、フェルマータは涙目《なみだめ》で薔薇のブーケを握《にぎ》り締《し》め──。

「ち、ちか……、誓い……」

たのである。

「好きな者と結ばれ、幸せになるのではなかったのか」

バンッと乱暴に教会の扉《とびら》が開かれたかと思うと、隻眼《せきがん》の騎士《きし》――ヴォルフが乱入してきたのである。

「フェル。奪《うば》いに来たぞ」

「ヴォルフ！」

真っ赤な色のヴァージンロードを歩いてくるヴォルフの姿を認め、フェルマータは薔薇のブーケをポイと投げ出し、彼の胸に飛び込んだ。

「だめ……。やっぱり、偽《いつわ》りの誓いなんて立てられない。私はあなたとじゃないと……！」

「そのつもりで喧嘩《けんか》を売りに来た。領民たちからも、フェルが領主夫人でなければ許さないと、散々言われたのだ。心配するな。お前のことは、必ず連れて帰る」

会場がざわつき、近衛兵《このえへい》が飛び出して来る。

ケビンも黙《だま》っておらず、「僕の蜂蜜ちゃんを返せ！」と怒《いか》りのままに魔法剣《まほうけん》を抜《ぬ》いた。

ところが、その直後。乾《かわ》いた金属音が教会内に響き、ケビンの魔法剣は銀製のハルバードに弾《はじ》かれ、床《ゆか》にカランと落ちていた。

「花嫁略奪《はなよめりゃくだつ》の邪魔《じゃま》はさせません」

いつの間にか近づいていたレドリックが、ケビンの魔法剣を足で踏《ふ》みつけて微笑《ほほえ》んでいた。「主のためならば、私は何でもしますからね」と。

「は……、反逆だ！　捕《と》らえて打ち首にしろ！」

ケビンの悲鳴のような叫びが響くも、近衛兵たちはたった一人の小柄《こがら》なメイドに沈《しず》められていた。ブルーナである。

「空気読め、ばーか」

歴戦の近衛兵たちを小馬鹿にしながら、蝶《ちょう》のように舞《ま》い、鉄槌《てっつい》のように重い蹴《け》りで鎧《よろい》を砕《くだ》く彼女の姿に、フェルマータは仰天せずにはいられない。

「俺に仕えるハーマイン家の娘《むすめ》が、ひ弱なメイドなわけがないだろう。あいつはレドよりも強いぞ」

当然だと言わんばかりの態度のヴォルフに、フェルマータは思わず吹《ふ》き出してしまう。

そして、「フェルちゃん、旦那《だんな》、こっちに飛竜止めてるから！」と手を振りながら扉を開けているジョバンニの姿を見つけると、もう笑いが止まらない。

「あははははっ！　最っ高よ！　みんな、大好き！」

フェルマータはヴォルフの首に抱き着き、満開の笑顔を咲《さ》かせた。

真正面から見つめるヴォルフは、出会った時と同じで眼光が鋭《するど》く、不愛想な顔だった。

けれど、彼の黒い髪《かみ》も、金の隻眼も、薄《うす》い唇《くちびる》も、今はすべてが愛おしい。

「フェル……。たとえ呪いがなくとも、俺の妻となり、俺と共に生きてくれ」

死ぬはずだった二十歳《はたち》の誕生日。出会いは最悪。

プロポーズは「俺を殺せ」と、底抜《そこぬ》けに物騒《ぶっそう》。

恋愛音痴《れんあいおんち》のとんだ拗《こじ》らせブラコンだと思っていたのに。

「ありがとう。世界で一番愛してる！」

勇気を振り絞《しぼ》り、クイと背伸《せの》びをすると、フェルマータとヴォルフの唇が重なった。

二回目のキスは、初めてのキスよりさらに甘く優《やさ》しくとろけ、紅《あか》い炎《ほのお》が燃え上がるくらい熱く――。

「ちょ……!?　燃えてるよ！」

「フェルマータ様！　炎が……！」

ブルーナとレドリックの慌《あわ》てた声に、フェルマータはハッと我に返った。

危ない、危ない。二人だけの世界に入り込むところだった、恥《は》ずかしい～……ではない。

フェルマータの背中に、本当に紅色の炎が燃え上がっていた。それはもう、メラメラと。

「うっそ、なに!?」

「フェル。これは……」

背中の大きく開いたウエディングドレスは、呪いの証《あかし》を包み隠さず曝《さら》け出していた。それは、紅色の砂が上部に一粒《ひとつぶ》ぽっちしか残っていない砂時計――三年前、フェルマータから何もかもを奪い、絶望に突《つ》き落とした【砂時計の刺青】だった。

消えたはずの呪《のろ》いが、なぜ復活したのかは分からない。けれど、今のフェルマータが以前のように絶望することはなかった。なぜなら。

「私、呪われてる！　っていうことは、正々堂々ケビンとの婚姻《こんいん》は白紙よね⁉　だって、被呪者《ひじゅしゃ》の私じゃあ、契約を満たさないもの！」

「な……っ！　蜂蜜《ハニー》ちゃん！」

言葉を失うケビンを助けようとする者はいなかった。ジゼリア女王が「【死神】までも味方につけたか。うちの愚息《ぐそく》では太刀《たち》打ちできんな」と言って大笑いしており、これ以上フェルマータたちに手を出すことができなくなってしまったのだ。

「やれやれ。民《たみ》のために国母となる選択《せんたく》をせず、目先の小さい愛に逃《に》げるとは。貴女《あなた》が神の敷《し》いた運命に従順であれば、生き永らえることができたというのに。どこまでも傲慢《ごうまん》な子ですね……」

大司教ドルマンは肩《かた》を竦《すく》めながら、教会を飛び出していく二人を閉じた瞳《ひとみ》で見つめていた。

「いつか、後悔《こうかい》するでしょう。その口づけで、呪いを再び呼び覚ましてしまったことを」

銀灰色《ぎんかいしょく》の鱗《うろこ》に包まれた飛竜《ひりゅう》アビスが、黒衣の騎士と純白の花嫁を乗せて、晴れた青空をなめらかに滑《すべ》る。

フェルマータが初めてアビスに乗った時は、ヴォルフの肩に担《かつ》がれて暴れていたのだが、今日は素直《すなお》にヴォルフの腰《こし》に抱き着いていた。

「今日って、私の二回目の命日になるのかしら」

ノースト領を目指す空の旅の途中《とちゅう》で、フェルマータが自身の【砂時計の刺青《いれずみ》】を気にかけながら言った。残りの砂はごくわずか。薄命《はくめい》聖女まっしぐらだ。

けれど、ヴォルフは「いいや」と首を横に振《ふ》り――。

「ふ、不意打ち禁止……！」

自分からするのはいいが、されるのは照れまくってしまう恋愛マスター（自称《じしょう》）である。

ぶわぁぁっと頬《ほお》が真っ赤に染まり、それを隠すためにヴォルフの背中に顔をうずめた。

「かまわんだろう？　今日は俺たちの二度目の結婚記念日だからな」

ヴォルフは愉快《ゆかい》そうに喉《のど》を鳴らすと、飛竜の手綱《たづな》をグイと引き、さらに上空へと舞い上がらせた。

蒼炎《そうえん》が燃え、澄《す》んだ空を駆《か》けていく。

三回目のキスは、契約ではなく本物の「呪われ婚」の始まりだった。

……　あとがき　……

こんにちは！　ゆちばです！　あとがきをいっぱい書いていいという嬉《うれ》しいＧＯをいただいたので、読者の皆様《みなさま》にお楽しみいただける裏話みたいなものが書ければと思います。

まず、この度《たび》は『薄命《はくめい》聖女と不死の狼騎士《おおかみきし》の呪《のろ》われ婚《こん》　死ぬ運命だった二十歳《はたち》の誕生日に「俺を殺せ」と求婚されました』をお手に取っていただき、ありがとうございました！

本作は、２０２２年「第一回魔法《まほう》のｉらんど恋愛《れんあい》創作コンテスト」のタテスクコミック部門で大賞をいただいたプロットを元に書き下ろしたノベライズ作品になります。

別作品でお世話になっていた編集さんから「小説にしましょう！」という有難《ありがた》いお話をいただき、編集部の企画《きかく》会議に出すプロットから二人三脚《ににんさんきゃく》で作っていきました。編集さんからは、話の構成や、メイン二人の恋愛色を強めること、小説限定キャラクターなどたくさんのご提案やアドバイスもいただきまして、本当に感謝しかありません。恩返しの方法は一つなのですが、私にできることは限られているので、あとは天と読者の皆様に祈《いの》るのみです。どうか『薄命聖女』をお楽しみいただけますように！

少し触《ふ》れましたが、小説限定キャラクターについて。それはアデラールのことで、私の空前のイケオジブームから生まれたイケオジ大司教です。若くて美しいドルマンに負けない個性はイケオジしかない！　と、即決《そっけつ》したキャラ属性でございます。ファミリーネームがミレーなのは、その時私がそんなビスケットを食べていたからで、ついでにドルマン・エンセントという名前はお金のことを考えていたから。大司教たちの名前はそんな緩《ゆる》いノリから付けられています。どちらも私のお気に入りです。ついでにレドリックとブルーナの名前は赤と青からきていて、五秒で決まりました。

また、本作は私が初めて書いた「聖女もの」の作品なので、とても思い入れが強いです。どんな聖女にしようかなと考えた時、先に不老不死のヒーローが浮《う》かんでいたので、フェルマータは逆に死にかけヒロインとなりました。死にかけているからこそ、こうしたいあしたいという意見は激しく主張するし、行動力も人並外れている。つまり、生きることに必死になれる強いヒロインです。生死感がすっかりズレてしまっているヴォルフと対等にいられる凛《りん》としたキャラクターを目指しましたが、読者の皆様にもそう感じていただけていると嬉しいです。

そしてヴォルフですが、彼には私の好きな属性がてんこ盛りです。辺境伯《はく》で騎士で眼帯で不健康で死にたがり。剣《けん》か槍《やり》かどちらを使わせるかとても迷ったので、現在は兄上の形見の剣を使い、過去は槍を使っていたという設定にしました。二百年生きていたら、新しい武器だって達人級になるヴォルフです。フェルマータと並ぶダブル主人公なので、ぜひヴォルフの成長や変化にご注目ください。

ちなみに私のイチオシキャラクターはジョバンニです。コンテストのプロットには存在しなかったのですが、主人公の二人の他に呪われているキャラクターを出そうと考えた時、スッと思い浮かんだおじさんです。命がけの研究には糖分が必須《ひっす》なので、ジョバンニの部屋には角砂糖がもりもり入ったシュガーポットが常設されています。今はスマートですが、デスクワークメインで睡眠《すいみん》も不足しがち、食事もスキップしがちなので、生活習慣病が危ぶまれている、そんなお茶目な設定を背負ったキャラクターです。

そして本作は、『薄命聖女と不死の狼騎士の呪われ婚』という短いタイトルでのタテスクコミカライズ企画も絶賛進行中です！　現在私はシナリオ作成を進めておりますが、ストーリー展開がノベライズ版とは少々異なります。小説としての面白《おもしろ》さ、タテスクとしての面白さをそれぞれ味わっていただけると嬉しいなと思います。

最後に謝辞を。

ノベライズ企画を立ち上げ伴走《ばんそう》してくださった担当編集の中野《なかの》さん。ビーンズ文庫編集部の皆様。校正様、デザイナー様。そして美麗《びれい》イラストで小説に命を吹《ふ》き込《こ》んでくださったザネリ様。出版にご尽力《じんりょく》くださったすべての皆様。本当にありがとうございます。

そして本書をお手に取ってくださった読者の皆様に心からの感謝を。薄命なフェルマータと不老不死のヴォルフの未来を応援《おうえん》していただけましたら幸いです。また、ご感想などをいただけますと、作者はとてもとても喜びます。

最後までお付き合いいただき、ありがとうございました！

ゆちば

「薄命聖女と不死の狼騎士の呪われ婚　死ぬ運命だった二十歳の誕生日に「俺を殺せ」と求婚されました」
の感想をお寄せください。
おたよりのあて先
〒102-8177　東京都千代田区富士見2-13-3
株式会社KADOKAWA　角川ビーンズ文庫編集部気付
「ゆちば」先生・「ザネリ」先生
また、編集部へのご意見ご希望は、同じ住所で「ビーンズ文庫編集部」
までお寄せください。

薄命聖女《はくめいせいじょ》と不死《ふし》の狼《おおかみ》 騎士《きし》の呪《のろ》われ婚《こん》

死《し》ぬ運命《うんめい》だった二十歳《はたち》の誕生日《たんじょうび》に「俺《おれ》を殺《ころ》せ」と求婚《きゅうこん》されました

ゆちば

角川ビーンズ文庫　23845

令和５年10月１日　初版発行

発行者――――山下直久
発　行――――株式会社KADOKAWA
〒102-8177　東京都千代田区富士見2-13-3
電話 0570-002-301（ナビダイヤル）
印刷所――――株式会社暁印刷
製本所――――本間製本株式会社
装幀者――――micro fish

ISBN978-4-04-114189-2C0193 定価はカバーに表示してあります。
◇◇◇

第23回
角川ビーンズ小説大賞
原稿募集中！
君の"物語"がここから始まる！
https://beans.kadokawa.co.jp
詳細は公式サイトでチェック!!!
【一般部門】&【テーマ部門】
賞金 大賞 100万円
優秀賞 30万円
他副賞
締切 3月31日
発表 9月発表(予定)
イラスト／紫　真依